うたうひと

小路幸也

祥伝社文庫

contents

本文イラスト／福田利之

クラプトンの涙

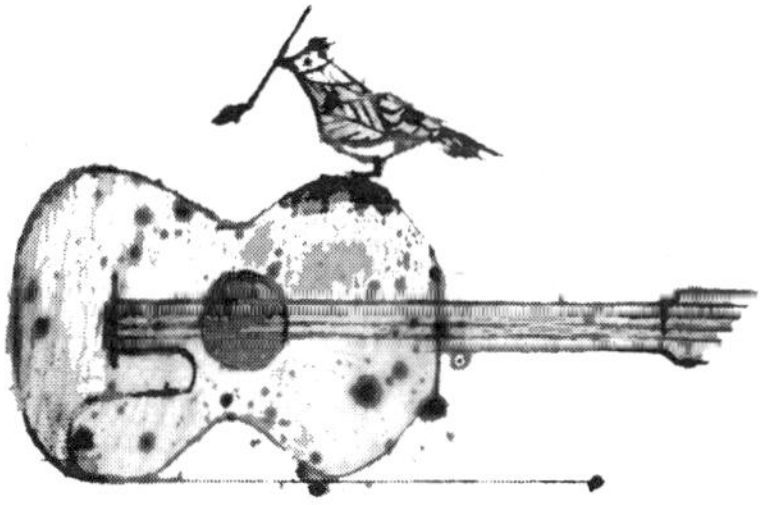

やって来たのは清楚《せいそ》な感じのお嬢さんだ。

悪くない。少しばかり緊張したような面持《おもも》ちが、聡明そうな印象をより一層引き立てている。挨拶《あいさつ》をして微笑んだその笑顔は人を心地よくさせるものだった。

今日のインタビューをお引き受けいただきありがとうございます。お会いできて光栄です。

そういうような始まりの会話がひとしきり続いて、一拍置いて、そのお嬢さんはふと窓の外を見た。

「あの」

「なんだい」

「天気が良くて、暖かいです。よろしければ、お庭に出てみませんか」

そう提案されて、頷《うなず》いた。確かに天気が良い。気持ちの良い青空が見えている。若い女の子と二人、庭で寛《くつろ》ぐのには最高の日だろう。

「鳴いている」

上の方からヒバリの声が聞こえてきて、そのまま俺はベンチの背に凭《もた》れかかって空を見上げてヒバリを探す。どこにいるのか。

鳥はいつも鳴いている。涙の出ない、鳴き声。

「あぁ」

唐突にその思いが浮かんできて、そして、得心がいった。

そうだ、そうなんだ。

「なんですか？」

「涙」

「涙？」

中庭のベンチに並んで座って、俺はインタビュアーのお嬢さんに話しかける。名前はなんて言ったか、もう忘れちまった。なんとかマイ、だったよな？

「ヒバリはさ、高く高く空に舞い上がってから鳴くんだ。確か、自分の巣が発見されないように」

「そうなんですか？」

「どっかでそんな話を読んだか聞いたかしたんだけど、違ったかな」

　ヒバリは、まだ鳴いている。この中庭のどこかに巣があるんだろうか。広い中庭だ。芝《しば》生《ふ》と花壇《かだん》と木がうまい具合に配置されて、写真に撮ればどこかの公園だって言っても通用するだろう。

　向こうに見える建物が病院じゃなくてホテルだって言っても、信じられる。

「涙が、どうかしたんでしょうか？」

　あぁ。

「そうだった」

ギターが泣いている。最初にそう言ったのは誰なのか今となってはわからない。

奴がチョーキングすると音が泣き出すんだ。

あなたのギターを聴いているとわけもなく涙が流れてきます。

雨の中を歩けば、誰にも知られずに泣くことができる。お前のギターがまさにそれだ。

weeping in the rain.

俺の代名詞になった。

それなのに。

俺は涙を流したことがないんだ。泣いたことがない。

そりゃあ赤ん坊の頃には泣いただろうさ。わんわん泣いておふくろに抱っこされて背中をとんとんと叩《たた》かれてあやされただろう。歩き始めた頃には転んでひざ小僧を擦《す》りむいて泣いたのかもしれない。そういや、小さい頃、近所に住んでいたケントはよく泣いていたな。あいつは本当に気が弱くて、後ろから大声を上げておどかしただけで眼が潤《うる》んでいた。元気かな、あいつは。また歌い出したそうだが。

だから、そういうことじゃない。

ふと思ったんだ。自分が涙を流さない人間だってことを。

四歳か五歳の頃だ。ジャングルジムで遊んでいて、足を滑らせて落ちてしまった。どっかに足が変なふうに引っ掛かったんだろう。嫌な音がして、骨が折れた。

おふくろが慌《あわ》てて飛んできておろおろしていたのを覚えている。救急車を呼ばれて病院に運ばれて、医者に単純な骨折だから大丈夫ですよ、と言われて、ようやくおふくろはホッと息をついた。

そのときに、おふくろが言ったんだ。

「あなた、泣かなかったわね。えらいわ」

そう、泣かなかった。痛かったさ。死にそうなぐらいに痛かったんだけど、泣きたかったんだけど、我慢したんだ。そうしたら、涙は出てこなかった。

それから、十歳のときだ。一緒に住んでいたじいさんが死んだんだ。俺はじいさんっ子だったよ。いつもじいさんの部屋に行って、本を読んだりおやつを一緒に食べたりしていた。そう、俺に最初にギターを教えてくれたのもじいさんだったよ。ガットギターだったけどね。

たった一曲だけまともに弾《ひ》ける曲って言って〈禁じられた遊び〉を弾いてくれた。そうだ、今まで話したことなかったと思うけど、原点っていえばそこだったのかもな。きれいな曲だって、きれいな音を出す楽器だって、ギターっていいなって思ったのはそれがいちばん最初だったのかもしれない。

そうだ、そうなんだ。

おかしいな、今頃こんなの思い出すなんて。

「おじいさま、ハイカラだったんですね」

「そうだな。どこでギターなんて覚えたんだか。訊《き》いときゃよかったな」

「寒くないですか？　日が陰《かげ》りましたけど」

空を見上げると薄い雲がせっかくの太陽を隠していた。けれども、雲の動きはけっこう速い。そのうち、また太陽が顔を出すだろう。

「大丈夫だよ。気持ちが良い。このブランケットが少し暑いくらいだ」

「外《はず》しましょうか？」

「そうだな。少し」

彼女が赤と黒のチェックのブランケットを膝《ひざ》から外して畳《たた》んでくれた。そうだ、この方が気持ちいい。

遠くから子供の声が聞こえてきた。二人でそっちの方に眼をやる。女の子だ。お見舞いに来た子供だろうか。まだ二歳とかそれぐらいだろう。少しおぼつかない足取りで、芝生の上で小さな赤いボールを追っている。

微笑んでそれを見守っている老人はたくさんいるので、誰があの子の身内かわからない。白いワンピースを着た若い女性が母親の表情でその子を見守っているから、その隣で車椅子《いす》に乗っているのが、あの女の子の祖母だろうか。

「可愛い子ですね」

「そうだな。麻衣《まい》の小さい頃に似てる」

「あなたの最初のお子さんですね」

そうだ。真ん丸い眼が似ている。初めての子供だった。

「生まれたときにはそりゃあ喜んだもんだ。年取ってからの子供だったからな」

くすり、と、彼女が笑う。

「おかしいか？」

「すいません。あまり、そういう家庭的なイメージはありませんでしたから」

そうか、そうだな。自分でもそう思うよ。結婚だってしたくなかったし、ましてや自分の子供なんて。いったい何人の女の尻を抱えこんだかわからない。ひどい男だったと思うが、あの頃はなんか皆そんな感じだったよ。そんなのが、ステータスみたいな気がして競《きそ》っていたような気がする。

誰かが俺の名を呼んだ。振り返ると担当医が立っていた。

「あぁ、先生」

「調子はどうですか？」

「いいよ。大丈夫だ」

手に色紙を持っている。

「サインかい？」

「申し訳ありませんね。十四歳になる甥《おい》っ子にどうしてもって頼まれまして」

「とんでもない。大歓迎だ」

そんな子供が、こんなロートルのファンでいてくれるんだったらそれほど嬉しいことはない。歳を取ると人間丸くなるってのは本当だ。昔は鬱陶《うっとう》しかったファンの声が、サインを頼む手が、最近は愛おしく感じる。

まだ動く手で、サインをして先生に渡す。

「何か必要なものはありませんか？」

「大丈夫だ。あぁ」

「何です？」

「紅茶が飲みたいな」

「紅茶」

「イングリッシュブレックファーストがあればいい。少し古いやつだ」

「わかりました。持ってこさせます」

先生が背を向けると同時に、彼女が、少しおどけたような顔をして俺を見た。

「なんだい？」

「紅茶を飲まれるなんて、知らなかったです。どのインタビュー記事でもコーヒー党だとばっかり」

あぁ、そうかもしれないな。

「なんだか、急に飲みたくなった。なんでかな。でも、昔はよく飲んだんだ」

「イギリスに行ってた頃ですか？」

「そうだな」

「さっきの話も聞いたことありません」

「さっきの？」

「涙を流したことがない、と」

そうだ。泣かせるギターを弾く代名詞みたいな俺は、泣いたことがない。

そう、十歳のときだったよ。可愛がってくれたじいさんが死んだ。それはもう言ったっけ。

今思うと、ずいぶんあっけなかったな。風邪をひいて寝込んだと思ったら、その次の日にコロッと逝《い》ってしまった。それでも、危篤《きとく》だって学校に連絡が入って俺が帰るまではもっていたから、待っていてくれたのかもしれない。

ベッドの上でニコッと笑ってさ。俺の頭を撫《な》でてくれたんだ。いい子でいろよって。まぁあんまりいい子にはならなかったけどな。

「儂《わし》の部屋にあるものは、全部お前にあげよう」

最期に、そう言っていた。そう、そして、そのときにも俺は泣けなかったんだ。大好きなじいさんが死んじまったのに、悲しかったのに俺は涙が全然出てこなかったんだよ。だから、はっきりと思ったね。

あぁ、俺は泣けないんだなって。そういう、人間なんだって。

葬式が終わってからじいさんの部屋に行ってみるとそこにギターがあったんだ。

ガットギターじゃない、エレキギターだ。そう、いちばん最初に使ったギターはじいさんが買ってくれたものなんだよ。

なんでじいさんがエレキギターを買っておいてくれたのかは、結局わからなかった。家族の誰に訊いても知らなかったんだ。黒と白のフェンダーのストラトキャスターだった。

びっくりしたのと同時に、まるで魅入《みい》られたようになっていた。ボディの輝きやネックの手触りやピンと張りつめた弦が、俺のすべてを吸い込んでいくようだった。

そうなんだ。あのときから、あの瞬間から俺はギターに魅せられていったんだ。


中学校のときだったな。

俺は吹奏楽部に入ったんだ。

おかしいだろ？　吹奏楽部なんて。でも当時の学校には俺が思いっきりギターを弾けるクラブがなかったんだ。だから　人でギターを弾いていたのさ。いや、バンドを組めるようなメンバーもいなかった。

ところが、放課後の教室でアンプにも繋《つな》がないで一人でギターを弾いていた俺に声をかけてきた女がいたんだ。ひとつ上の先輩だった。皆にアンリって呼ばれてた。だから俺もアンリさんって呼んだ。

きれいな女だったよ。黒目がちの大きな瞳が印象的で、髪の毛が長くて。吹奏楽部でフルートを吹いていた。その人が、俺に吹奏楽部に入らないかってさ。

「どうしてですか?」

「新しく演奏する曲目に、ギターがないと始まらないって曲があったんだ」

「何ていう曲です?」

「知らないだろうな、君みたいな若い人は。〈黒いジャガー〉っていうんだ」

「すいません、わからないです」

「映画の主題歌さ。いつごろだったかなぁ、たぶん七〇年代の初めだ」

おもしろかった。ロックとは違う音楽の世界に触れたのは初めてだったから。何より、ひとつの曲を大勢で作り上げていくことの素晴らしさをそこで俺は覚えたんだ。

歩道を大きめのワゴンを押して歩いてくる看護師の姿が見えた。俺と彼女が座るベンチの前に止まってにこりと笑う。

「お待たせしました」

ワゴンの扉を開けると紅茶のポットがあった。

「すまんな。イングリッシュブレックファーストはあったのかい？」

「もちろん」

看護師はそれがうちの最大の自慢ですとでも言いたげに、にこりと笑った。見たことのない看護師だ。新人なのかもしれない。

だが、ちゃんとお湯の入ったポットも用意してあって、カップを温めてからサーブした。

「気が利《き》くね」

「以前、こういう仕事もしてたんです」

俺の膝元に簡易式のテーブルのようなものをセットした。ベンチに金属製のアタッチメントで固定する。

「便利なものがあるんだな」

ソーサーにカップを載せて、テーブルの上に置いた。彼女にはソーサーごと手渡した。

「良かったら君も一緒にどうだ」

見映《みば》えのいい看護師だ。イケメンってやつだ。彼女も、若い男に見られている方が仕事に張りができるかもしれない。

「実は、ご一緒させていただこうかと」

膨《ふく》らんだ白衣のポケットからカップが出てきて、思わず笑った。

「あなたのファンなんです。こういう機会を窺《うかが》っていました」

「なおさら歓迎だな」

看護師はポットからカップに紅茶を注ぐと、すぐ向かいにある大きめの庭石に腰掛けた。

「こっちに座ればいいじゃないか」

「いえ、お仕事の邪魔になりますので、ここで」

顔に似合わずわきまえってやつを知ってる男だ。彼女もくすりと笑った。

「なにを話していたかな」

「アンリさんという、先輩に」

あぁ、そうだった。

さん付けで呼んだのは中学校のときだけで、高校に入ったらアンリと呼び捨てになっていた。恋人になっちまったからな。そう、同じ高校に行ったんだよ。

この話をするといつも怒ったんだが、誘ったのはあいつの方だったんだ。放課後の教室さ。ギターを弾いていたときさ。いや、彼女は歌ってた。いい声をしていたんだ。線が細いのに似合わずシャウトする歌い方がものすごくセクシーだったな。そしてチャーミングだった。

歌い終わって、ほぅ、と漏《も》らす溜息《ためいき》が好きだったな。その日もその様子を眺めていたら、彼女がニコッと笑って俺の頭に手を伸ばしてきたんだ。そして優しく引き寄せて、そのまま俺にキスをした。そう、俺はギターを抱えたままだった。

俺はファーストキスも、彼女の胸のふくらみを初めてこの身体に感じたのも、ギター越しだったのさ。

「では、そのアンリさんというのは最初のバンドのボーカルの」

「あぁ、そうだ。アンだ」

「何故、アンリからアンに？」

「大した理由じゃないが、俺が本名を縮めて芸名にしたからな。それにあわせた」

「素晴らしいボーカリストでした」

「そうだな。あんな繊細《せんさい》なシャウトができる女性ボーカルを、俺は今の今までアンリ以外に知らないね」

「シャウトは本来力強いものですからね」

「そうさ。それなのに」

「彼女は突如《とつじょ》引退してしまった」

そうなんだ。俺は、首を二度三度横に振った。いなくなっちまった。

もちろん、俺のバンドだった。アンリがメインのバンドじゃない。彼女はあくまでもサイドボーカリストでメインは俺のギターだった。それでも、彼女の存在は大きかった。テクニックに走りがちな俺の中に、詩情ってやつをもたらしてくれた。アンリの声を聞いていると、自分の中にいろんな優しい感情が生まれてきて、そういう曲を作ることができたんだ。

「バンドとしても、恋人としても、アンリは、俺の宝物だったんだ」


中学時代からだから、アンリがいなくなるまでの十何年間、アンリは俺のただ一人の愛する女性だった。

愛していた。間違いなく、愛していた。

彼女の柔《やわ》らかな黒髪も、黒目がちの大きな瞳も、小ぶりの胸も、細い足首も、控《ひか》えめな声も。コーヒーを飲むときにカップを両手で持つ姿も、枝毛を取る姿も、かがんだときに膝をついてしまう癖《くせ》も。

何もかもを愛していたんだ。

覚えている。アンリがいなくなった日の朝のことを。全国ツアーが終わって自宅に帰ってきて長い休暇に入って一週間目の朝。

旅行に行こうと話していたんだ。たまにはのんびりと温泉もいいいんじゃないかって。そういうのもいいなって思えるぐらいの年齢になっていた。

売れていた。もちろん日本じゃギタリストのリーダーグループがメインストリームになることはないから、基本は俺のボーカルだった。幸いなことに、俺のボーカルもアンリに負けないぐらい味のあるものだったからな。

女性ファンにはルックスと声と、男にはギターテクニックと、そして万人に受ける泣かせるメロディラインを奏《かな》でるギターが。ウケていたんだ。

それなのに、アンリは、いなくなっちまった。

その日も、俺は泣けなかった。

涙は出てこなかった。

「何故なのか」

何度も自分に問うたけど、わからなかった。

「今でも考えるよ。どうしてアンリはいなくなったのかとね」

「ちょうど、三枚目のアルバムが出たときですね」

「そうだ」

「最初のバンドの絶頂期だったと言ってもいいんじゃないでしょうか」

絶頂期か。そうかもしれない。

「そんな時期に、愛する人の傍《そば》を離れるということは、女性にとっては相当のことのようにも思います」

「君なら、どう思う」

何故だ、と何人の人に訊いたか思い出せないぐらいだが。

「ちょうど同じぐらいの年頃かもしれない。同じ女性として彼女の行動をどう思う？」

彼女の名前は何だったかな、名前で呼ぼうと思ったのにどうしても思い出せない。なんとかマイって言ったような気がするんだが、名字がでてこない。若い頃なら「マイちゃんだっけ？」などと軽く訊いたんだが。

彼女は少し考えるふうに、口に手を当てて眼を伏せた。美しい女性だと思う。かしこそうな黒い瞳が印象的だ。柔らかな笑顔とも相まってインタビュアーとしてはいい資質を持っていると思う。

「もちろん、私はアンリさんではないので、本当のところはわかりませんが」

「そうだな」

「伺《うかが》ったお話や、残されたもので観るアンリさんは、とてもセンスが良く、そして思慮《しりょ》深い方のような気がします。ある意味では、あなたという偉大なミュージシャンを発掘し育てたのは彼女なのでしょうし」

なるほどと思った。そうなのかもしれない。いや、そうだ。彼女に触れることによって俺はいろんなものをもらった。アンリが常に新しい世界の扉を開いてくれた。

「私事なんですが」

「うん」

「私も、恋人の元から去ったことがあります」

その瞳に、何かが宿ったような気がした。強い意志を感じる光。

「その男性とは、学生時代からのお付き合いでした。ちょうど、あなたとアンリさんのように」

「そうか」

「私たちは文学部で、彼は、作家になりたいという意志を持っていました。文学を志《こころざ》したいと。私にはそういう方面の才能はありませんが、ただ人が書いた物に対する批評眼は持っていると自負していたんです」

そういう人間はいる。音楽の世界だってそうだ。自分で演奏はできないが、他人のそういうものに対する決定的な理解力を持った人間。自分でなりたいとは思わないが。

「彼には確かに輝くような才能がありました。時代で読み捨てられていく物語ではなく、百年、この国に残るべき文学を書き得る人間だと私は思っていました。決して恋に眼を曇《くも》らせていたわけではなくて」

「わかるよ」

彼女はそういう人間のような気がする。名前はなんだったたか、こんな真面目な話をしているとますます訊けなくなってきた。彼女はそういう理性と感情を分けられる類いの人間だ。そう感じる。

「ただ」

彼女は薄く微笑んだ。

「残念ながら、この国ではそういう文章で身を立てていくことは非常に難しいんです」

「あぁ、それもよくわかるな」

理想と現実は違う。この愛すべきくそったれな国には、本当の意味での芸術を留め置くためのシステムが存在しない。

「彼は自分の精神と肉体に負担をかけない程度の仕事をして、足りない分の生活費は私が働いて補塡《ほてん》していました。もちろんそれは私が望んでしていたことです。彼が、珠玉《しゅぎょく》の作品を紡《つむ》ぎだしていくこと、それに勝る喜びはなかったからです」

素晴らしいと思う。彼女の恋人だった男は最良の伴侶《はんりょ》を見つけていたんだろう。

「だが、君は彼から離れた」

「はい」

「何故」

訊くと、彼女は少しだけ俯《うつむ》いた。

「子供が、できました」

「子供が？」

形の良い唇がほんの少し引き締められた。

「もちろん私にとってはとても嬉しい出来事でしたけど、私の中の何かが、それを否定しました。それは、彼を殺すことになると」

「殺す？」

「そのときの彼に、家庭という存在は邪魔になるだけだと思ったんです。その重さは彼の感受性を豊かにしない。ガラスのように繊細な彼の才能を、この子供は、この子の存在が、それをきっと砕《くだ》いてしまうと、判断したんです」

それは、しかし。

彼女の瞳にさっきとは違う光が宿っていた。潤んでいる。まばたきの数が増えている。

「私という存在がいなくなることで、きっと彼は悲しみ苦しむ。けれどもそれは彼の才能を伸ばす糧《かて》になるはず。でも、子供の存在を明らかにして二人で育てていくことは、間違いなく作家である彼の土台を崩《くず》していくものだったんです。そう思ったんです。だから」

何を思い出したのか、彼女の右目からひとしずく、涙がこぼれ落ちた。

「ごめんなさい」

「いいさ。気にしなくていい」

小さな鞄《かばん》からハンケチを取り出すと、顔を伏せて眼の辺りを押さえた。

「私は、何も告げずに、彼の元を去りました」

俺は女じゃない。男だ。だから、男とは違う女の強さも弱さもよくわかっているつもりだ。こういう強さは、男にはない。尊敬する。ゆっくりと手を伸ばして、彼女のハンケチを持っていない左手を取り、そっと自分の手を重ねた。

「辛《つら》かったろうな」

彼女は少しだけ首を横に振り、また俯いた。しかし、顔を上げたときにはもう、その瞳は才気豊かなインタビュアーのそれに戻っていた。

「だからというわけではありませんが」

「アンリもか」

「はい」

確かに同じような話だが。

「もちろん他の理由だったのかもしれません。けれども、そんなにも愛し合ったのに、何も告げずに去ってしまったのはたぶん、いえ、間違いなくさっと、あなたのためだったのだと思います」

そうかもしれない。

「恨《うら》んでいたんですか？　アンリさんを」

「いや」

恨んだか？　俺はアンリを。いなくなった直後はそんな感情が湧《わ》き起こったかもしれない。荒れて酒を浴《あ》びるように飲んだし、クスリや女に溺《おぼ》れた日もあった。けれども、それはアンリのせいじゃない。俺自身がそういう男だったってことだ。それに自分で気づいたときに、恨みとかそういう感情は消えていた。

「〈Cold Rain〉は、ちょうどその頃の曲じゃありませんか?」

「あぁ」

そうだ。〈Cold Rain〉。俺の最大にして最高のヒット曲。

「あれは、そうだな、そうだ」

ひそやかに降り続くCold Rain。

「アンリが、いなくなったことを受け入れたから、できた歌だ」


それから俺はストイックなまでに音楽にのめりこんだ。ギターを弾き続けた。

バンド名も変え、編成も増やし、アンリがいない悲しみや憎しみや辛さや、支えてくれた仲間への感謝や喜びや嬉しさを音に変えていった。それまでにもすでに売れたバンドのひとつになっていたんだが、自分で言うのもなんだが、さらに凄《すご》みを増したこの国を代表するロックバンドへと変貌《へんぼう》していった。これは自慢でも勘違いでもなく、歴史がそれを証明している。

俺は疾走《しっそう》し続けた。走り続ければ続けるほど、クスリなんか使わなくても自分の感覚がクリアになっていくのがわかった。

昔からの仲間に誘われて、飢餓《きが》に苦しむ子供たちを救うためのキャンペーンソングを作った。売り上げの一部を寄付するってやつだ。自分にそんな歌が作れるだろうかとも思ったが、その曲は世間に受け入れられてたくさんの基金が集まったんだ。そのお金のおかげで救われたたくさんの子供がいるという話を聞かされた。素直に嬉しいという感情が湧きあがってきたね。そんなことが、俺にはできるんだと嬉しくなった。

音楽にできることの力を、自分の世界を作り上げるだけじゃなくて、自分の曲が世界を変えていけることを実感したんだ。

そうやってアンリのいない日々を生きていく中で、中年と呼ばれる年齢になって、リサと出会って結婚して子供もできた。

作る歌は、生きる喜びを歌うものも多くなった。ギターは子供のための未来と希望を奏でるようになっていった。

泣いている時間なんか、なかった。

涙なんか、それを流せないってことも、忘れていた。

「申し訳ないが」

「はい」

「名前は、なんだったかな」

「渡辺舞《わたなべまい》です」

そうか、渡辺さんだったか。やっぱりマイちゃんだったか。

「俺の長女と同じ名前かな」

「字は違います。私は踊る方の舞です」

「そうか」

いい名前だ。

「女の子ができたなら、名前を付けるならマイにしようと思ってたんだ」

「どうしてですか?」

「アンリと冗談で話していた」

「冗談?」

「最初の女の子はマイ、次女はミイ、三女が生まれたらムイだ」

笑った。

「四女はメイで、五女はモイですか?」

「そうだ」

ずっと黙って話を聞いていた看護師の彼も、それはひどい、と笑った。

「ムイとモイは止めておいた方がいいと思います」

まぁもうそんなこともないんだが。そうだ、名前の話ですっかり訊こうとしていたことを忘れていた。

「アンリは、まだどこかにいるんだろうか」

渡辺さんは、小さく頷いた。

「まだお若いでしょう。お元気だと思います」

「探せないのか」

「私がですか？」

何度も、何度も探した。だが、見つからなかった。どこへ行ったのか。

「君はマスコミの人間だから、そういうのを探すのは得意じゃないのか」

無茶な質問だが訊いてみた。アンリのことを思い出したのは久しぶりだからだ。彼女は、困ったように首を捻《ひね》った。

「努力はしてみますが」

「君は、どうだったんだ。その、作家志望の彼は」

男は君を探しに来なかったのかと訊いてみた。訊いてから、酷《こく》な質問だったと思い直して謝ると、彼女は小さく微笑んだ。

「大丈夫ですよ」

それから、小さく息を吐いて、カップを口に運んで、一口紅茶を飲んだ。

「もちろん、探していたと聞いています。けれども、私は決して彼を近づけませんでした。一度でも会ってしまえば、私のしたことが無駄になると思ったからです。私が会わない努力をしているとわかれば、あの人もわかってくれると思いました。何故、私が彼の前から姿を消したのかも」

強い女性だ。

男は、ダメだな。わかってはいても、ぐずぐず悩んでしまう。ただ、そこから這《は》い上がることができたなら。

「子供は？」

「女の子でした」

ニコッと笑った。不思議だが、日本人でもアメリカ人でもイギリス人でも、どこの国のどんな人種でもまったく同じものがひとつだけある。そうだ、母親の笑顔だ。子供を持つ母親が子供のことを思い微笑むとき、その笑顔はまったく同じだ。

「私の娘は、父親の顔を知らないで育ちました。けれども私はいつも話していました。あなたの父親は才能に溢《あふ》れ、皆に愛される作品を産み続ける人なのよ、と話していました。きっと、その話をするときの私の顔は満足感と幸福に満ち溢れていると、自分でも思います」

まさに、彼女の顔は輝いていた。

「そういう母親の顔を見ていた娘が、自分に父親がいなくて不幸なんて思うはずはないと思っています。尊敬こそすれ、父親を恨むはずもないと思います。実際そうだと思います。そして」

彼女は一度言葉を切った。少し首を傾《かし》げた。

「なんだか私ばかりが喋《しゃべ》っています」

「いいさ、続けてくれ」

すみません、と小さな声で言うと、ニコッと笑って俺を見た。

「もし、私と同じ理由でアンリさんがあなたから離れていったのなら、会うことは望んでいないと思います。会えるときが来ることを願ってはいても」

「会えるときか」

「はい」

「それは、神のみぞ知る、か」

そう思います、と彼女はまた微笑んだ。そうだな。その通りだ。

「探そうなんてのは、無粋《ぶすい》で野暮《やぼ》な話だな」

ましてや誰かに探してもらおうなんてのは、アンリの気持ちを踏みにじることになるのか。

「お茶を、もう一杯いかがですか？」

絶妙のタイミングだった。この看護師の彼を、専任に付けてもらおうかと思ったぐらいに。

「もらおうかな」

頷いて、彼がワゴンのドアを開いたときに、それが見えた。

「君」

「はい」

「そこにあるのは、なんだ」

お茶のセットを運んでくるだけにしては、妙に大きなワゴンだと思っていたんだ。まぁ料理を運ぶワゴンは大きいものだからそれを使っているんだと思っていたが。

看護師の彼は、少しだけ困ったように、しかし嬉しそうに微笑んだ。

「実は、ギターです」

そうだろう。ギターケース以外の何ものでもない。

「私物です。言いましたよね？　機会を狙っていたと。ずっとロッカーに置いてあったんですよ」

「弾くのか？」

「いいえ、サインを貰《もら》いたくて」

笑った。サインぐらいいつでもしてやるのに。

「お願いしていいですか？」

「歓迎だよ」

看護師の彼がギターケースを開くと、見慣れたモデルが眼に飛び込んできた。

「これは」

「はい」

嬉しそうに頷いた。

「Cold Rain model X-5100。あなたの名を持つモデルです」

黒と白のフェンダーのストワトキャスター。

「サインしていただけますか？」

彼がうやうやしく掲《かか》げたギターを受け取った。久しぶりの感触に、体中の血が騒いだような気がした。

抱える。

指がピックを探した。

彼が、黒のピックを差し出した。

それを受け取って、弦を弾《はじ》く。チューニングはあっている。

本能が、指をネックの上で滑《すべ》らせようとした。ピックで弦を弾こうとした。けれども、指は動かなかった。

ネックを握るのが、精一杯だった。

耳は、聴いていた。いや、頭の中でギターリフが流れていた。理想の指運びが弦の上を流れて、確実にピッキングして、ヒバリよりも高く高く舞い上がっていくような伸びやかなギターの音が、この青空いっぱいに、どこまでもどこまでも、流れていった。

俺のギターの音が。

だが、指は、動かなかった。

「そうだな」

誰に言うともなく、声が出た。

「俺の指は、もう動かなくなっていたんだったな」

動かなかったんだ。

もう二度と。

忘れていた。

忘れていたものが、溢れ出してきた。

どこからだ？　どこから、こんなにも溢れ出してくるんだろう。

これは、言葉では言えないものだ。表現できないものなんだ。

音楽と同じだ。メロディと同じだ。歌と同じだ。

心のどこかから溢れ出すものが、メロディになり、歌になり、そして。

そして、涙になる。

そういうものなんだ。

きっと俺はずっと、ずっと自分の涙をメロディにしていたんだ。泣く代わりにギターを奏でていたんだ。だから泣けなかったのに違いない。涙が出なかったのに違いない。そうだったんだ。

ギターが弾けなくなって、俺の中の音楽は、今、こうやって涙になって流れてくるんだ。

泣いているんだ。涙を流しているんだ。

俺が。

◆

本物の看護師に車椅子を押されて、彼は帰っていった。遊歩道をゆっくりと、途中まで行ったところで軽く手を上げてくれた。

「けっこう気さくなおっさんだったね」

「そうね」

凌一《りょういち》がカップやソーサーや、その他もろもろを片づけだして、仕事はこれで終わり。

「あれで、良かったのかな？」

「いいのよ」

依頼は、事故のショックで自分の殻《から》に閉じこもってしまったあの人に、いろんなことを忘れてしまったあの人に、今、自分がどういう状況にあるのかを、穏《おだ》やかに思い出させてあげること。インタビュアーという役割を演じて、ファンである看護師を演じて。

あの人は、思い出してくれた。自分を。そして、涙を。

「だから、いいのよ、これで」

「そっか。そうだね」

凌一が看護師の制服を脱ごうとするのを止めた。

「まだよ。敷地《しきち》を出るまで脱いじゃダメ」

どこで彼が見てるかわからない。彼には、最後まで私はインタビュアーであり、あなたは看護師であると信じてもらわなければならないんだから。そう言うと素直に頷いた。

凌一は、まだこの仕事を始めて半年。少し自覚が足りないところはあるけれど、順応性も高いし、何より彼には誰にでも好かれる雰囲気がある。笑顔がある。貴重な才能。

「でもさぁ」

ゆっくりとワゴンを押しながら二人で歩き出した。

「なに？」

「さっきの、舞さんの話」

「私の？」

「作家の恋人を裏切ったって話、なんか真に迫《せま》っていたよ。聞いてて思わずホロリと来そうになったもの。さすがだなーって感心してた。自分で用意しておいたの？」

あれは。

「嘘《うそ》じゃないの」

「え？」

「いつもの、作り話じゃないの」

凌一が立ち止まる。眼が丸くなっていた。

「マジだったの!?　舞さん子持ちだったの？」

「まさか。私のことじゃないわ」

そう、私のことじゃないし、作家と恋人の話でもない。

「知り合いの、話なの」


昔々の物語。

愛するミュージシャンのために、まだお腹の中にいた私を連れて、独りで生きることを決めた女性の物語。

私の、母の物語。

左側のボーカリスト

楽屋に花が届いた。

豪華《ごうか》な花束がズラリと並ぶ中に、ひっそりと置かれた小さな花束。

ジプソフィラ。

花に詳《くわ》しいわけではないけれど、この花の名前は知っている。そして花束が、白く小さく地味な花のジプソフィラだけになっている理由も、わかった。

母が好きだったからだ。死んだ母の大好きな花が、このジプソフィラだった。

まだ学校に通っていた頃、私の家に泊まりに来るときあいつは一握りのジプソフィラを握りしめてやってきて、母に手渡していた。

「プレゼント」

少しだけ恥ずかしそうな笑みを浮かべていた。そういうあいつを、母も可愛がっていた。もちろんあいつに母親がいないこともわかっていたから、近づきすぎず離れすぎず、実の息子である私がやきもちを焼いたりしないように気遣いながら接していた。

あいつは、私の母親が大好きだったんだ。自分には与えられなかったその存在を、求めていた。私の母の向こう側に見ていた。ずっと、長い間。

母が死んだとき、誰よりも悲しみ泣き続けたのは、あいつだった。

だから、この花束が誰から届いたのかはすぐにわかった。


「ケント」

マネージャーのナオミが、頼んでおいたミネラルウォーターをワンケース抱えて楽屋に入ってきた。サンキュと頷いて受け取る。プロモーターの方に楽屋に用意しておくように頼んだのに銘柄《めいがら》が違っていたんだ。昔なら、若かったあの頃なら、あいつと二人でやっていた頃ならプロモーターを怒鳴りつけたところだ。

それは単なる傲慢《ごうまん》さから来るものじゃない。肉体も精神も最高の状態で、ベストの状態でステージに立ちたいがためのアーティストの我儘《わがまま》だ。表現者にはそれが許《ゆる》されるものだと思っていた。若い頃は。

今はそんなこともない。しょうがないなと苦笑いだけで済ますことができる。年を取るということは人間が丸くなることじゃない。ただでさえ落ちているパワーを、怒りというものに使うのがもったいないし、トラブルが起きてもベストな方向へ自分を導《みちび》く術《すべ》をいくつか手に入れたというだけだ。

「それからこれも」

小さな紙包み。どこかのキャンディショップでお菓子を入れて子供に渡すような茶色の紙袋。

「なんだい？」

開けると、まさにそれだった。お菓子だ。賑《にぎ》やかな色をした丸いチョコレート菓子。小さなカードが添えてあって、そこには奴のサインがあった。ナオミが苦笑した。

「〈weeping in the rain〉からの差し入れですって」

笑った。昔々だ。まだデビュー間もない頃、あいつとよくライブハウスで一緒になっていた。あいつはこのチョコレート菓子が大好きだったんだ。

「元気そうね、彼も」

「あぁ」

もう同じステージに立てないというのは悲しいが、生きていてくれればそれでいい。

「客席はもう八〇パーセント埋《う》まっているわ」

「そんなにか」

ナオミがニコッと笑って頷く。

「開演時には満席間違いなしね」

「物好きな奴が多いんだな」

わざと大きく眼を剝《む》いて、ナオミが唇の端を上げた。

「何言ってるの。十五年ぶりよ？　皆あなたがステージに立つのをどんなに待ち焦《こ》がれていたか」

そうなんだろうか。まぁそうなんだろう。そうやって何千人もの人間が来てくれているのだから。ドキュメンタリーを撮るためのテレビクルーも来ていて、その他の取材陣も多い。こんな、時代に忘れ去られたような歌手の歌を聴きたいとやってきてくれる。ありがたいことだ。

だが、観客が本当に聴きたいのは違うだろう。

私と、もう一人。

常に私の横でその歌声を響かせていたボーカリストと私の、デュオを聴きたいはずだ。チャートのナンバーワンの座に何曲も送り込み、世界中で奇跡のデュオと呼ばれた歌声を聴きたいはずなんだ。

そうして、それを世界中でいちばん望んでいるのは、私なんだ。

☆

八歳の頃から知っているんだから、紛《まぎ》れもなく私たちは幼なじみだ。小さな田舎町で、多くの子供たちと同じようにそこが世界の中心だと思いながら、ほんの少しの不幸せが混じった幸福な日々を過ごしていた。

ショウは一人っ子だった。家庭の経済状態は我が家とどっこいどっこいだったろうが、母親がいない分だけあいつの方がみすぼらしかった。私が比較的小奇麗《こぎれい》だったのに対して、あいつはいつもよれよれで何日も同じ服を着続け、食事も大したものを食べていなかったようだ。

温かい家庭料理というものにあいつは憧れを抱いていた。そしてその温かさを無償で与えてくれる我が家と私の母が大好きだったし、いつも感謝の念を口にしていたんだ。

「君と友だちで僕は本当に良かった」

その感謝の念が、後年にあんなにも確執《かくしつ》を生むとは予想もしないで。

学校の帰り道や休日にいつも仲の良い仲間ともぐり込んだのは、川岸にあるクズ鉄の工場だ。それ自体がもうジャンクなんじゃないかと思えるような倉庫や作業場や家があって、たくさんの赤錆《あかさび》が浮いた自動車やいろんなものがフェンスの向こう側に転がっていた。もちろん、金網《かなあみ》一枚のフェンスが小さい頃の私たちにとっては紙切れのようなものだっていうのは、言うまでもない。

地面のギリギリのところからニッパーで切ってひょいと持ち上げれば出入りできる。手が錆で赤くなろうが、ズボンのひざ小僧が、下手したらシャツまでもが乾《かわ》いた砂ぼこりで汚れようが気にしない。

少なくとも私たちが知ってから何年もそのままの、車が積み上がって屋根のようになっているところが言うなれば秘密基地だった。

カバンの中に入れておいたお菓子を取り出して食べて、こっそり家の冷蔵庫から持ちだしたコーラを回し飲みして、マンガを読んだりカードゲームをしたり気に入らない先生や友だちの物まねをしてバカにしたりして、私たちは何時間もそこで遊んでいた。

多少のいさかいはあったにしても、振り返れば甘美《かんび》で幸福な少年時代。

そういう時代を私とショウは一緒に過ごしてきたんだ。

もちろん、遊び仲間は他にもたくさんいた。リック、ペギー、ライアン、ミンディア。名前も顔も忘れてしまった友人たち。

その中で、私とショウを結びつけたのは十歳のときの冒険だった。私の父と母が遠い町に住む知人の葬儀に駆けつけることになってしまった。翌日の朝早くに帰ってくることはできるがその日の夜は私一人で過ごすことになった。

一晩の留守番ぐらい一人でできる。そう言って私は両親を送り出した。けれども、両親の車が見えなくなって、一人の家に戻ったときに突然にその静寂《せいじゃく》が襲《おそ》ってきて、私は怖くなってしまったのだ。

それまでも留守番ぐらいはしてきた。だがそれは、何時に帰ってくるという約束があってのこと。今回は、その静寂の夜を一人で過ごさなくてはならない。

思わず家を飛び出した。誰かを呼び出そうと走り回ったけれど、夕食前に出てこられたのはショウだけだった。

ショウは、いつも夜まで一人だったからだ。父親は夜遅くまで働いていて、一人で夜を過ごすことなど、ショウにとっては日常だった。

ショウは、きっと情けない顔をしていた私を見て、にっこりと笑って言った。

「二人で、留守番しよう」

今晩は私の家に泊まるという置き手紙をショウは残した。これでなんでもないんだと笑うショウに、私はそのとき初めて、自分の中にあるものに気づいた。

それまで、自分でも知らないうちに、ショウに対して優位の気持ちを抱いていたのだ。母親がいないショウに、自分の母親に甘えさせてあげているという気持ち。そんなつもりはまったくなかったのだが、あったのだ。

ショウは、自分より強い。

自分はとんだ甘えん坊だった。ショウよりも。

幼心に、ショウという友人が、自分にとってかけがえのないものになるという予感が芽生えたのはそのときだと思う。

ショウに与えられていたお菓子と、今夜中にやらなければならない宿題を持って、二人で私の家に戻った。両親が作っておいてくれた夕食を二人で分けあって食べて、テレビを観て、二人でシャワーを浴びて、パジャマのまま宿題をして、カードゲームをして。

床に拡《ひろ》げたマットに毛布を敷いて、二人でその上に寝ころんで話し続けた。笑って転げ回った。

誰も何も言わない邪魔しない二人だけの長い長い時間。

十歳の私たちの、大冒険だった。

ギターを手にしたのは十三歳のときだ。

私が初めてショウに対抗心を燃やして、父が若い頃に使っていたアコースティックギターを貰って弾きはじめた。

何故対抗心を燃やしたかというと、その頃にはショウの弾くピアノが学校で評判になるほど上達していたからだ。もちろんピアノを習いに行けるほど裕福じゃなかった。新任の若い音楽教師がショウの音楽的な才能にいち早く気づいて、放課後にピアノを教えだすと驚くほどの速さで上達していったんだ。

思い出せば子供らしい嫉妬《しっと》もあったんだろう。先生の薄手のセーターの下の膨らんだ胸はかなり魅力的だった。よく二人で、あの先生の胸の話はしていたな。

「そこは違うわよって先生が近づくとさ、僕の肩に胸が触れたりしたんだよ」

「それを狙《ねら》ってわざと間違えると」

「そうそう。それも何回もね」

卒業してからはそんなバカ話をしていた。先生は今頃どうしているんだろうか。私たちの音楽を聴いて、あのデュオがあの頃のケントとショウだと気づいていてくれていただろうか。できればたくさんの孫に囲まれて幸せな日々を過ごしていてほしい。

自惚《うぬぼ》れるわけじゃなく、確かに私とショウには才能があったのだと思う。もちろんそれに見合う努力は重ねたつもりだが。ピアノを手に入れるのには時間が掛かり、長い間私がギターを弾いて、二人で歌を重ね合うというスタイルで音楽の道を歩んでいった。

　実は私たちはコピーをしたことがない。当時流行《はや》っていた曲を二人で練習したことは一度もなかったんだ。

　たぶん十五、六だったと思うが、その頃には私はギターを完璧にマスターしていたし、ショウはどんな曲でも一度聴けばピアノで弾くことができた。それでも、初めて二人で何かを演《や》ろうと考えたとき、誰かのヒットソングをコピーしようという考えが頭に浮かぶことはなかったんだ。

「二人で曲を作ろうよ」

「いいね」

　ショウが言い出して私はそれに応《こた》えた。よくインタビューでも訊かれたが、作詞作曲は本当に二人の共同作業で、どちらかに分けられるものではなかったんだ。もちろん、それがまた後年、著作権関係でのトラブルになるなんて思わなかった。

　ショウが何かのフレーズを口ずさむ。私がギターでそれを追う。コードを探して後を続けてみる。

「少し悲しいメロディラインだ」

「じゃあ歌詞は楽しいものにしよう」

二人とも、ひねくれ者であることは間違いなかった。初期の私たちの作った歌のほとんどが、淋《さび》しい歌詞に楽しい曲想、楽しい歌詞に悲しい曲想なのはそのせいだ。

私がその場で何かを言うと、ショウがそれを広げる。ショウが広げた世界に私が色をつけていく。黄色に青を重ねると緑になるように、私がつけた色に、ショウがまた色を重ねて彩《いろど》りを添《そ》えていく。

そんなふうにして、私たちはどんどんオリジナルナンバーを作っていった。

二人だけの、二人にしか作れない曲を。

☆

「お腹は空いていない？」

ナオミがテーブルの上を片づけながら言う。

「あぁ、大丈夫だ。そこにサンドイッチもある」

言いながらそういえばあるんだったなと気づいて手を伸ばした。一口二口齧《かじ》っているところにドアがノックされて、舞台監督のカイが突き出た腹を揺らして楽屋に入ってきた。

「ケント」

「あぁ」

「ちょっといいか？」

「いいよ、なんだ」

カイがわずかに首を捻った。

「最後の確認だ。お前の椅子の位置はセンターではなく、下手側ナンバー2の位置でいいんだな？」

眼の前に立って、腕を組んで仁王立《におうだ》ちするようにして言った。薄いサングラスの向こうの瞳が、静かな光をたたえて私を見つめる。

下手側ナンバー2の位置。それは、二人でやっていたときのいつもの私の位置だ。

「OKだ。変更はない」

私の返事に、ナオミも唇を真一文字に結んだ。

「ほんの四十センチの位置の違いだ。観客にとっては大したことではないだろうが、やはりセンターからずれているという感覚は残るぞ」

「わかっている」

カイとは、私が、私たちがプロとしてデビューしたときからの付き合いだ。私が下手から出ていって何歩歩いたらセンターマイクに手が届くかまで熟知している。私がその場にいなくてもブームの位置をどこにすれば、私の声が完璧な形でマイクに乗るかまでわかってくれる。だからこその、心配だ。

「あの花束」

私はカイに指で指し示した。ジプソフィラの小さな花束。カイが訝《いぶか》しげにそれを見る。

「あれは、あいつからのものだ。間違いない」

「そうなのか？」

頷いた。大きな確信と共に。カイも、一度唇を尖《とが》らせてから頷いた。

「わかった。後は神に祈ろう」

「万が一のときのスタッフは」

カイがぐい、と胸を反《そ》らせた。

「俺がいる。奴が現れてもステージに立てそうもなかったら、この腹の上に座らせてずっと抱っこしててやる」

三人で笑った。ナオミは若いのでそのときの現場にはいなかったが、実際にカイの腹の上に人間椅子よろしく座ったことがあった。

遠い遠い昔の話だ。

☆

一足飛びに人気が出たわけじゃない。二人でライブハウスで歌うようになったのは十九歳の頃。

もうその頃にはオリジナルナンバーは百曲を超えていた。全部、二人で作詞作曲した歌だ。どちらか片方が作った曲はもちろんあるにはあったが、二人でそれを歌うことはなかった。別に決めていたわけじゃないんだが、自然にそうなっていった。

学校に通いながら、夜はライブハウスで歌い続ける。そういう生活が当たり前になっていった。

大きな戦争は終わり、皆がそこから、それで得たたったひとつのものに、大きな傷というものに薬を塗《ぬ》り包帯を巻き、やがてやってくるだろう幸せな未来を思い描くために努力する時代になっていた。元々私たちの歌はそういう歌だった。

普通の生活を謳《うた》い、恋を分かち合い、日々の暮らしの中の小さな幸せを綴《つづ》っていた。たぶん、皆がそういうものを求めていたんだろう。ようやく訪れた平和に、私たちの作る世界がどんどんマッチしていったんだ。

そうして、ショウの歌声だ。

印象としての線の細さがそのまま声に表れているような、繊細な声。初めの頃は文字通りの繊細な声だったんだが、場数を踏み、歌うことに自信が持てるようになるにつれて、その繊細さにまろやかな響きと柔らかな強さがにじむようになっていったんだ。

「もっと高音の伸びを生かす曲想にした方がいいんじゃないかな」

最初にそう言ったのは私だ。

「声を張り上げるような？」

「違う違う。伸びやかに、羽を広げてゆっくりと飛び立ってさらに空へ空へ昇って行くような、そんな曲」

ショウはふーん、と唸って、それから頷いた。

「ケントの低音と離れたり近づいたり」

「そうそう」

「まるでハヤブサとチータが、天と地でスピードを競い合いながら遊んでいるかのように？」

「言いえて妙だ」

私の声はどちらかと言えば落ち着いた印象を与える低めの声だった。だが、柔らかさの質がショウのものととても良く似ていたんだ。

誰かが言ったことがあるが、私たち二人の声の質は、まさに天が与えたものだった。繊細であると同時に素早く高くエッジを利かせることもできるショウの声、落ち着きながらも迫力のある響きを持たせられる私の声。

デュオにおいては一足す一は二ではない。二人の声質が絶妙にブレンドされたのなら、それは三にも四にも、百にだってなることができる。

それが、音楽だ。

意識して曲想を考えるようになっていった。自由気ままに思いつくままに並べていく音符ではなく、どうしたらこの曲の意図を明確に伝える旋律《せんりつ》にできるか、何をしたなら自分たちの声と曲が極上のワインとチーズのようにハーモニーを奏でることができるか。そういうようなことを考えながら曲作りをするようになっていったんだ。

今にして思えば、その辺りからプロというものをはっきりと意識するようになったんだろう。

自分たちがミュージシャンとして生きていくということを。

メイが私たちの前に現れたのは、二十三歳のとき。大学を卒業してメジャーデビュースるためにレコード制作に取りかかった頃だった。栗色《くりいろ》の瞳に、キュートな唇。明晰《めいせき》な頭脳と音楽への情熱。一年前にそこのレコード会社に入社し、さっそく任されたアーティストのプロデュースとマネージメント。

会社にしてみればまだどうなるかわからない若造のデュオに、同じく若い女の子の感性を当ててみようと考えたのは当然かもしれない。

「曲を作り直してみない?」

メイがそう言ったのは、既《すで》に四曲のレコーディングを終えたときだ。全部で十二曲のスタンバイはもうできていた。スタジオ近くのダイナーで三人で遅い昼食を食べているときだった。

「どの曲?」

私とショウは一度顔を見合わせてから、声を揃《そろ》えて訊いた。

「アレンジが気にくわない?」

そのときにはもう私はメイの感性を、人柄を信頼していた。もちろんショウもだ。私たちの作る曲を愛し、私たち二人を真剣に世に送り出そうと考えてくれている。それは商売のためだけではなく、素晴らしいものをよりたくさんの人に聴いてもらいたいという、芸術を理解しながらも自分で行なうことができない人間の欲求。それが十二分に伝わってきていたからだ。だから、もしメイがアレンジや曲想が気に入らないというのなら、直すつもりは充分にあった。

「そうじゃないの。もう終わった四曲に関しては満足してるわ。あなたたちというアーティストを明確に表現した素晴らしい曲だと思う」

「じゃあ」

「他の八曲を？」

メイは頷いた。

「もちろん、他の曲もいい曲よ。出来上がるアルバムは自信を持って世に送り出せるものになると思うの。でもね」

少し迷っているのがわかったんだ。本当にこれを言ってしまっていいものかどうか。私とショウはまた顔を見合わせて、お互いに考えていることがわかったから苦笑して頷いた。

「メイ」

「うん」

「遠慮しないで言ってくれよ。僕たちのボスは君だ。そして僕たちは二人とも君を最大限に信頼している」

私がそう言うと、ショウが続けた。

「君が納得してないところがあるんなら、それは僕たちにとっても同じことさ。いいから言ってよ」

メイが頷いて、コーヒーを一口飲んだ。

「ケントの曲を数曲入れた方がいいと思うの」

「僕の？」

メイはまた、大きく頷いた。

「あなたが一人で、ショウに歌わせるためだけに作る曲」


結局メイの意見を取り入れた。ショウも納得した。急きょ私は部屋に籠《こ》もって曲を書き上げた。ショウに歌わせることだけを考えた自分だけのオリジナル。

考えてみればそういう作業をしたのは初めてのことだったんだ。慣れ親しんだショウの声を、誠実で儚《はかな》くて強く触れると壊れてしまいそうなショウの姿を頭に思い浮かべた。

曲は自分でも驚くほどにあっという間にできあがったんだ。たった一晩の間に三曲を仕上げて、待っていたショウに譜面《ふめん》を渡し、スタジオで何回か軽く合わせ、それぞれの身体に馴染《なじ》んだところでメイを呼んだ。

メイは、こんなにも早くに曲が仕上がったことを驚きもしなかった。

「わかってた」

「どうして」

「なんとなく。あなたが自分の曲作りに飢《う》えてることが」

そう言われて、少し驚いたことを覚えている。スタジオでいつものように私が椅子に座りギターを抱える。その隣でショウが何も持たずに立つ。最初は所在なげに。左右に少し揺れて。やがて私がカウントを取り始めると身体の揺れはピタリと止まって、ショウの表情が変わるんだ。

音楽の神に、ミューズに祈りを捧《ささ》げるかのように少し上の方を見つめ、息を吸い込む。

歌が、始まる。


泣いていた。

ガラスの向こう側でメイは流れる涙を拭いていた。エンジニアのアルが興奮したように手をブンブン振り回していた。

（ケント、ショウ）

トークバックのスピーカーからメイの声が聞こえてくる。

「良かったかい？」

ショウが訊いた。

(私たちは今、奇跡の瞬間に立ち会ったわ)

メイは、静かに力強くそう言ったんだ。

その三曲が、私たちの環境を変えたんだ。天と地ほどにも。

全てが、まるでジェットエンジンを搭載《とうさい》した車に乗っているかのように周囲を飛び去っていった。取材、ライブ、コンサート、海外での静養、レコーディング、そして取材、ライブ、コンサート、豪華な静養。

その繰り返しの日々。

それでも私たちはアイドルじゃないしロックスターでもなかった。派手な噂《うわさ》も豪邸も必要ない。ただただ、自分たちの才能がしっかりと発揮される場さえあればそれで良かったんだ。

メイは私たちのマネージメントを、公私共にしっかりとやってくれた。メイが、誰よりも私たちのことを理解してくれていたんだ。私とショウの生い立ちから家庭環境から好みから性格まで全てを把握《はあく》して、私たちのためだけに全てを捧げて動いてくれていた。

彼女にとって、私たちが素晴らしい曲を書き続けられるように環境を整《ととの》えることが喜びのようだった。

それでも、それでも彼女は会社の人間だ。レコードが売れなければ何にもならない。そうして彼女は、その方向性を〈私の曲〉に定めた。

「最初に聴いたときから、どこか違和感があったの」

「違和感？」

「二人で作った曲は、確かに素晴らしい曲だったけど、まるでドアを半分開けてストッパーを置いたような感覚」

メイはそう私に言った。二人だけで事務所にいるときだ。

「そのストッパーになってしまっているのは、きっとショウの感性だってわかったの。彼の感覚があなたのメロディラインを淀《よど》ませているって」

私は顔を顰《しか》めた。

「誤解しないで。ショウの作る歌も才能を感じさせるいいものよ。でも」

「これほどに、売れる曲ではないと」

「その通り」

それまで考えもしなかったことは、レコードになった曲を冷静に聴けばよくわかった。

確かに、自惚れるつもりはないが、私がショウのために作詞作曲した歌の方がはるかに完成度も、いわゆるポピュラーな強さもあったんだ。

「でも、この話は、ショウには言わないで」

「わかってる」

繊細な感性を持ったショウ。ショウにはショウの良さがあるし、何より私がショウのために作る歌が求められているのだ。

その日から、その話をした日から私とメイは共犯者になった。

次のアルバムの打ち合わせを始めたときには、最初っからそれぞれで曲を作って持ちよろうというコンセプトができあがっていた。

「全十二曲のうち、二人で作る曲は四曲。あとはそれぞれに四曲ずつ作って、それで十二曲。オーケイ？」

あくまでも陽気なプロデューサーとしてメイはそう告げた。デュオとしてさらに完成させるためにそれぞれの個性を尊重し、そこを伸ばしていく。そういうふうにメイはショウに説明した。

「いいんじゃないかな」

私が言うと、ショウも頷いた。

「二人で作った曲は山ほどあるから今さら作る必要もないし、おもしろいと思うよ」

「じゃあせっかくだから、お互いに作る曲のテーマがかぶらないようにしようか、いやむしろ同じテーマで作ってみた方がおもしろいかな」

「いいね。後からいくらでも調整できるんだから、ゆっくり楽しんでやろうよ」

ショウが笑顔で言った。私が作ってショウが歌った三曲の成功は、私たちに大いなる富と、時間を与えていた。創作に没頭《ぼっとう》できる環境と時間。世のアーティストが求めて止まないものを私たちは手に入れていたんだ。

☆

「ケント」

ナオミに呼ばれて、顔を上げた。少し物思いにふけっていたんだ。さっと身じろぎもしない私が不安になったんだろう。ナオミはそんな顔をして私を見ていた。苦笑いして頷いた。

「大丈夫」

「少し外に出てくる？」

「いや、大丈夫。ここは気持ちが良い」

楽屋とは思えない環境のところだ。三階に位置しているから外からファンが覗《のぞ》くことはない。大きなベランダには陽の光が注ぎ、窓から部屋に差し込んできている。すぐ裏手は木々の深い公園になっているから、鳥の声と葉のそよぎが聞こえてくる。

「来てくれるといいわね」

ナオミが微笑みながら言う。素直に頷いた。

「今は、願うしかない」

そして、メイの愛情に頼るしかない。

優しきハヤブサが、再びその翼を広げるのを。

☆

亀裂《きれつ》が入り始めたのはいつだったのか。

私とショウは公私共に仲の良いデュオだった。幼なじみで、お互いにお互いのことが手に取るようにわかった。

休日に二人で出かけることも多かった。映画を観に行ったり知人のミュージシャンのライブに行ったり、食事をしてそのまま飲んで朝まで騒ぐこともあった。

メイはいつも私たち二人に平等に接していた。もちろんメイは魅力的な女性だった。正直で快活な性格は周囲の人間を気持ちよくさせたし、容姿もそこらの女優に引けを取らないほどだった。だから余計に気を使っていたんだ。私たちの間に彼女を巡《めぐ》って何らかの感情を持たせてはいけないと。

それが崩れ出したのは、五枚目のレコードを出した頃か。

そのレコードに収められた十曲のうち、二人で作った歌は一曲。ショウの作った歌は二曲。残りの七曲は私の作った歌だ。

それまでにシングルカットした曲で、ヒットしたのは私の作った曲だけだった。ショウの作った歌は私たちデュオの知名度だけで売れる分しか売れなかった。むろんヒットチャートを賑わすこともなかったんだ。

だからそれは当然のことだった。売れ続けていくためには。今となっては、それが本当に必要なことだったのかどうかと思うこともあるが、当時はそれがベストだと思っていた。誰もが。そしてショウも。

しかし口さがない連中はいつの時代も多く存在する。

〈唄《うた》うだけの暗い男〉

〈あの天使の歌声がなければただの人〉

〈ケントにすがっていなければ生きていけない〉

そんな言葉が、私たちの耳にも届くようになっていた。社交的な性格だった私との違いも大きかったのか。スーパースターであり続けることは、大人しく内に閉じこもることの多かったショウには酷な立場だったかもしれない。ステージでの私のジョークに、軽く微笑むだけで乗ってこないような光景も、そういうものに拍車をかけていった。

孤独を癒《いや》すためのアルコールと、創作意欲を拡げるような気がするクスリと。

今となってはお決まりとしか言えないミュージシャンの最悪のコースに歩んでいったショウの手を握って引き止めようとしたのは、当然私だ。


「何をやってるんだ！」

激高する私に、ショウは力の無い笑みを向けた。

「迷惑はかけない」

「迷惑とかそんな話じゃないだろう。どうしたんだ一体」

どうしたと言いながら、理由はわかっていた。私ではどうしようもないことも、わかっていたんだ。そんな私を見て、ショウは泣いた。

「わかっているんだろう？　僕がどんなに苦しいか？」

答えることができなかった。

「僕はただのスピーカーだ。君の作った歌をきれいな声で出すだけの人間だ。それだけで僕には富と名声が向こうからやってくるんだ」

「ショウ。そんなことはない」

「あるんだ！　あるんだ！　ここにあるんだ！」

ショウが、私に向かって暴力を振るったのはそのときのただ一度だけだ。それも、手元にあった灰皿を、私の横にあった飾り棚に投げつけて壊《こわ》すというだけの暴力ともいえない衝動。どこまでも優しい男。

「いっそのこと、本当にただのスピーカーならどんなに良かったことか！」

そう言って、ショウはソファに崩れ落ちて、泣き続けた。そうだ、いっそのこと、ただのビジネスパートナーならこんなにもショウは悩まなかっただろう。私たちは、幼なじみだ。ショウが私と母親に抱いた幼い頃の感情が、自分を温かい場所に保護してくれたという思いが、今はこんなにも彼を苦しめている。

「聞け！　ショウ！」

駆け寄って、肩を摑《つか》んでゆすった。

「ただのスピーカーが多くの人間を感動させる声を出すことができると思っているのか？　僕の歌に命を吹き込んでいるのは紛れもなく君なんだぞ？　君はアーティストなんだぞ？　君以外の誰が僕の歌をあんなにも素晴らしいものにできるっていうんだ？」

「誰でもいいじゃないか！」

乱暴に私の腕を振り払った。

「美しい歌声を持った人間は他にもたくさんいる！　あの歌は、僕の歌じゃない！　君のだ！」

音楽で生きていながら、自分の音楽が認められないでいるミュージシャンの辛さを、自分の立ち位置を確かめられないまま生かされ続ける苦しさを、一体誰が引き受けてくれるというのか。

神にだって答えられるはずがない。

だから、私も言えなかった。何年も隠し通した自分の感情を、ショウのために作る歌の中に込めていったものがどういうものなのかを、ショウが私の横で私の歌を唄ってくれることがどんなにも私の心を揺り動かすかを、ついに言えなかった。

言えるはずがないんだ。

ずっと、愛していたなんて。

相次ぐスケジュールのキャンセル、入院と奇行、レコーディングの遅れ。私がショウの立ち直りを期待してどんなに手を尽くしても、待とうとしても、ショウビジネスの世界は待ってはくれなかった。

アルバムデビューから七年と六ヶ月。

五枚のアルバムを残して、私とショウのデュオは事実上消滅した。

もちろん、私たちの音楽活動が消えたわけじゃなかった。始まったのは、私とショウのそれぞれのソロ活動だ。

移籍をしたのは、これにもビジネスの論理や駆け引きが銃弾のように飛び交《か》ったが、結局ショウの方だった。私の方が商売になると判断されたのだが、こればっかりは私も賛成した。新しい環境と新しい気持ちがショウを甦《よみがえ》らせてくれることを切に願った。

そして、ショウについていったのは、メイだった。

「あなたを、愛してるわ」

メイが、私に言ってくれた。

「それでも、あなたの愛が私に向かうことがないのは、わかってる」

淋《さび》しそうに、メイは微笑んだ。

「あなたの作る歌が、その歌に込められた愛が誰に向けられたものなのかをいちばんわかっているのは、私のつもり」

「メイ」

心配しないで、とメイは言った。

「誰にも言うつもりはないわ。もちろんショウにも」

「すまない」

私と同じようにメイも気持ちをひた隠しにしていたんだろう。長い長い間、私たちのプロデュースとマネージジメントをビジネスとパーソナルの両面で支え続けてくれた。

「ショウを、助けてやってくれ」

私にはそれしか言えなかった。そして、いつものように、挨拶《あいさつ》と同じようにメイを軽く抱きしめて頰《ほお》にキスをするしかできなかった。

私にはメイを愛することができない。それなのに、私が本当に愛する人間を私の代わりに救ってくれと、愛してくれと頼んでいるんだ。それがどんなに傲慢で残酷なことかわかっていたが、メイに頼るしかなかったんだ。

ドアを閉ざしてしまったショウが唯一心を開くのはメイに対してだけだったのだから。

「いつか、必ずあなたたちをまた同じステージに立たせる」

メイはそう言って、微笑んで私の前から去っていった。

私は、独りぼっちになってしまった。

☆

「十五年間か」

私の独り言にナオミが頷いた。その間に私はソロアルバムを七枚出した。ナンバーワンヒットになった映画の主題歌もある。デュオの頃の勢いを保つことはできなかったが、十二分に実績と実力を兼《か》ね備《そな》えたミュージシャンとしての地位を確立していた。

だが、ステージに立つことは一度もなかった。

友人のミュージシャンのステージにゲストで出たことはある。ヒット曲を一、二曲披露《ひろう》して喝采《かっさい》を浴びた。それでも、ショウと二人で唄った歌を披露したことは一度もなかった。

〈封印された永遠のナンバー〉

そういうふうに、私たちのデュオの曲は言われ続けてきた。だが私にしてみれば当たり前のことだ。ショウのために、ショウの歌声のためだけに作ったあれらの歌を私が唄ってどうするんだ。そう思っていた。

私というミュージシャンはショウがいないと、彼が私の傍《かたわ》らに立っていない限りステージ上には存在しないものなんだ。

ショウは、ソロとしてアルバムを二枚出した。

二枚とも、素晴らしいアルバムだった。セールス的には話題にも上らない程度のものでしかなかったが、そのクオリティは私たちのデュオで作ったときの歌よりもはるかに高いものだったんだ。

だが、ポピュラリティという部分では、やはり私のソロ活動を上回ることはできなかった。

〈守護者がいなければ羽ばたかない天使〉

そんなふうに書かれた記事も見たことがある。彼は、ショウはどんな気持ちでその記事を読んでいたのか。

「一度も、彼と話したことはないの?」

ナオミが訊いた。

「最後に話したのは、十五年前だった」

「それ以来、電話も？」

頷いた。

「手紙も、メールもなしだ」

絶望は、私との友情を、思い出を、憎悪に変えたのかもしれない。ショウは著作権の問題を楯《たて》にして私への呪《のろ》いの言葉をマスコミに吐いたこともある。幼い頃の思い出を曲解して、インタビューに答えたこともある。

それらすべての記事に対して、メイからは手紙や電話をもらっていた。ショウがどういう精神状態だったかを説明し、私に許しを請《こ》うてきた。ショウが仕掛けてきた様々な紛争にすべて終止符を打たせたのもメイだ。

メイは、私との約束をずっと守ってくれていた。ショウを、ずっと見守ってくれていた。

「そろそろ時間ね」

ナオミの言葉に、私は頷いた。

儚い夢は儚いままに終わるのかと思っていたんだ。

だが、母の死が、その夢を引き寄せてくれた。

去年の母の葬儀に、ショウが来てくれた。長い間の不摂生《ふせっせい》とクスリでボロボロになった身体をメイに抱きかかえられるようにしてやってきてくれた。そして、私と顔を見合わせてくれたんだ。私の眼を見つめてくれた。

やせこけた顔で、泣きながら、ぽろぽろと涙をこぼしながら私に歩み寄り、そっと肩を抱いてくれたんだ。

一言も交わさなかった。だがそれで充分だった。ショウは、私との幼い日々を思いだしてくれた。あの日々が楽しく幸せな日々だったのだと、母の死を契機にして思いだしてくれたんだ。

それは、後日のメイからのメールでもわかった。

〈彼は、還《かえ》ってきたわ〉

だから、私は決めたんだ。

一年後の母の命日にコンサートを行なうと。十五年ぶりに、ステージに立って、ショウのために作り続けた私たちデュオの曲を歌うと。そう決めた。

ショウは必ず来てくれると信じて。

同じステージに立ってくれると、信じて。

「来なかったな」

ステージの下手脇で、カイが言った。だが、私には確信があった。

「大丈夫だ」

ざわつく会場に、ブザーが鳴る。

ざわめきが、歓声と拍手に変わる。

バックバンドを引き受けてくれた昔馴染みのミュージシャンたちが、ほのかな明かりの灯《とも》るステージに出て行くと拍手がゆるやかに手拍子に変わっていく。そしてそれが、私の姿を認めると、まるで津波のような大歓声に変わっていった。

私にピンスポットがあたる。

十五年ぶりのステージ。

だがそこはまるで我が家のように慣れ親しんだ感覚だ。

暗い海のように広がる客席からの歓声に笑顔を向け、私は椅子に座る。いつもの、ハイチェア。

歓声が静かに収まっていって、誰もが私が言葉を発するのか、あるいはカウントを始めるのかを待ちかまえている。

私は、言う。

「カイ、客電を点《つ》けてくれ」

一瞬の間の後に、客席が明るくなり、暗い海はたくさんの人たちの笑顔に変わってい
く。私は少し客席を見回して、言うんだ。

「いつまでそこに居るんだ？　君の居るべき場所はそこじゃないだろう？」

そして私は左腕を上げて、指さす。

そこにもう一本のピンスポットがあたる。

私の横に立つ、ブームスタンドのマイクに。

天使の声を持つ、最高のボーカリストが、立つべき位置に。

そうして、会場の一角に起こった小さな歓声が、やがて驚きの歓声に変わりそれが流れ
るように響きだす。さざ波が大きなうねりへと変わっていく。

その歓声は、後ろの方から前へ前へと拡がっていく。

ショウの歩みと共に。

柔らかな笑みをたたえ、しっかりとした足取りで、ステージへ。

唇に愛を

一九七六年

「イロモノでけっこう！　ゲテモノ上等じゃねぇか！」

　コーイチさんはにっこり笑って言った。

「このアイドル全盛の世の中でよぉ、俺らみたいな大した才能もないラッパ吹きが生き残っていくためにはよぉ、貧《まず》しいながらも楽しい我が家を決め込むか、ハラくくってアイドルの陰《かげ》でプカプカおざなりのアレンジで吹いてるかどっちかだろうよ」

　全員がヒノテルになれるわけじゃねぇんだぞって、眼を剝いた。そりゃあそうだと思う。日野皓正《ひのてるまさ》みたいに一流のジャズミュージシャンになれるのはほんの一握りの人たちだけ。銀《ぎん》さんもヒデさんもロールさんもケンタもMASHもリュウさんもタカさんもみんなが頷いた。

　港湾地区にある事務所の倉庫。

　通称〈ブラ番倉庫〉。

　ここには事務所所属のアーティストがステージで使った作り物やら、バカでかいだけで古くなって使えないアンプやらＰＡやらいろんなものが詰め込まれてる。

　同じように詰め込まれているのが、僕ら。いや無理やりにじゃなくて望んでここに集まっているんだけど。

　どうしてかと言うと、どんなに大きな音を出したって誰にも文句を言われないから。

　芸能プロダクション所属のミュージシャンといっても、単なるバックバンドの僕らにあてがわれるスタジオでの練習時間はほんのわずか。そりゃあプロだからどんな短い時間でも譜面渡されて初見でパッと演《や》ることはできるけど、とてもそんなんじゃ満足できないし、ミュージシャンとしてやってられない。だから、仕事がないときはいつもみんなでここに集まって思いっきり吹いている。

「それはそうだけどさコーイチ」

　銀さんが煙草《たばこ》を吹かしながら言った。

「おう」

　コーイチさんも同じように煙草を吹かしながら頷いた。

「いい加減そろそろ一本立ちしたいってのもわかる」

「おう」

「だからって、このステージ衣装はないだろう。イロモノもイロモノ。究極のゲテモノじゃないか」

「ゲテモノとはなんだ」

「オマエが言ったんだろう」

「立派な武者鎧《むしゃよろい》じゃねぇか」

「アレンジし過ぎだって」

ロールさんが溜息をついた。その気持ちも良くわかるけど、僕はそんなに嫌じゃなかった。確かに侍《さむらい》の鎧をベースにした衣装なんだけど、その色は赤と銀がメインだ。派手だし、なんといっても兜《かぶと》についた角のようなものがすごい。確か時代劇の伊達政宗《だてまさむね》が三日月のような装飾を兜に付けてたような気がするけど、これはもう明らかに角だ。誰が見ても素晴らしいロングホーン。

何よりこんなものを手作りしてしまうコーイチさんのマルチな才能に、いまさらながら驚いていた。

「ねぇコーイチさん」

訊いてみた。

「おう、なんだゴトー」

「これって、もしかして〈ウルトラの父〉の角？」

「わかったか！」

みんなが、あーやっぱりかぁと苦笑したり声を上げたりした。

「この色もウルトラマンがベースになってるでしょ」

「その通り！」

光り輝くシルバーと赤。

「いいか、俺たちはよヒーローになるんだよ。この混迷の日本の音楽業界を震撼《しんかん》させて救うヒーローによぉ！」

ヒーローと言えば、とコーイチさんは続けた。

「ウルトラマンじゃねぇか！」

なにより、とさらに力を込めて叫んだ。

「俺たちは〈ウルトラホーン〉じゃねぇか！」

そう。僕らはいわゆる〈ホーンセクション〉がメインのバンド。誰もが見たことあると思うけど、基本、ステージの端っこで並んでペットやらサックスやらトロンボーンを吹いているのが僕たちだ。

名前は今までにたくさんついた。〈ハートブルー〉やら〈アミちゃんズ〉やら〈ビッグホーン〉やらあれやこれや。メインに立つボーカルやグループによって名前がころころ変わるのが僕たちのバンド。でも、もうそういうのにもいい加減に飽きたって、リーダーのコーイチさんが言ったんだ。

「俺らの、音楽を作る！」

そう宣言して、一人の、いや一組のメインを張るアーティストとして、世に打って出るとグループの名前を決めたんだ。

それが〈ウルトラホーン〉。

良いか悪いかは別にして勢いはある名前だと思った。何よりコーイチさんが嬉しそうに「これが良い！」と叫ぶものだから、決まってしまった。

でもまさか、最初っからウルトラの父の角の兜の衣装が頭の中にあったなんて、知らなかった。

「いいじゃねぇか。ド派手でよぉ。目立つことはなによりだぞ」

まぁ確かに、全員が吹奏楽やブラバン出身の僕らは、マーチングバンドなんかもやったことがある。楽器を持ちながら皆で踊ったりすることには全然違和感はない。

それに、なんだかんだ言ったって、みんなコーイチさんのやることや考えることが好きなんだ。だから、今までずっと一緒にいるんだ。

☆

コーイチさんは高校のときの吹奏楽部の先輩だった。それも五年先輩。もちろん一緒に演奏したことはないけれど、全国大会に出場したときに応援に駆《か》けつけてくれて、そのときに僕は何故か眼をつけられて声を掛けられたんだ。

「オマエ、名前は?」

「五嶋匡一《ごしまきょういち》です」

「ごしま?」

「はい」

「どんな字書くの?」

「数字の五、に山偏の嶋です」

ごしま、ごしま、ごしまって三回繰り返した。

「言いにくいな。〈ゴトー〉でいいか」

「いいかって」

「オマエ、ロック、やるだろ」

どうしてわかったのかわからないけど僕は頷いた。

「やっぱりなぁ、匂《にお》いでわかるんだよなぁ」

ニヤッと笑ってコーイチさんが僕の肩を抱いて言った。

「今度一緒に演ろうぜ。飛びっきりのカッチョイイ音楽をよぉ」

それで、ほとんど無理やりに大学でやるコーイチさんのバンドのライブに連れてかれてしまって、そこで僕はペットを吹いた。それまで自分のバンドでやってたベースじゃなくて、吹奏楽部でやっていたトランペット。

そう、コーイチさんのバンドはホーンセクションがウリだったんだ。そしてコーイチさんも自分でトランペットを吹いた。あんまりそういうバンドは多くなかったからけっこう人気があって、なんだか僕はあっという間に正式なメンバーにされてしまって、それからもう十年近く経《た》ってしまった。


事務所に所属して、プロとしてデビューしたのは、僕がまだ大学在学中の二十二歳のときだった。

最初こそ事務所もレコード会社も色気を見せてくれて、僕らのバンドを〈日本初のブラスロックバンド!〉とかなんとかで売りだそうとしてくれたけど、デビューシングルはものの見事に売れなかった。本当に、いっそすがすがしいぐらいだってぐらい売れなかった。実質友人や親戚やその他もろもろが買ってくれた分だけしか売れなかったんだろうって誰もがわかる枚数しか売れなかった。

それで、早々に僕らは事務所から見放されてしまったんだ。まぁもともと傲岸不遜《ごうがんふそん》なコーイチさんを良く思わない連中が事務所に多かったせいもあるんだけど。

「早すぎたなぁ」

コーイチさんはそう言ってうなだれていたけど、僕らはけっこう楽しかったんだ。

「いいさ。こんなもんだって思えば」

銀さんが笑って、ロールさんが頷いた。

「大体、オマエの才能がそんなに早く世間に受け入れられるはずがないんだよ」

「そうそう、あれだ、オマエは死んでから評価が高まるってタイプだからさ、心配いらない。オマエ亡き後はオレたちに任せておけ」

「殺すのかよ！」

リュウさんとタカさんの軽口に、コーイチさんも顔を上げて笑っていた。ケンタが笑いながらベースでコードを弾き始めると、それに乗っかってタカさんが音を出し始める。それぞれがそれぞれの楽器を手に取り、好きなところで乗っかっていく。そうやって、いつの間にか〈ブラ番倉庫〉に僕たちの音が響きだす。倉庫の窓ガラスを揺らすほどの、大音量で。

僕らは、全員がコーイチさんと一緒に吹奏楽やロックをやってきた先輩後輩同輩の間柄で、それこそ同じ学校の同じ部活で仲良くやっているような関係。

音楽の指向の違いや趣味の違いは多少あったけど、とにかく音楽を職業にしてそれで飯を喰えるっていうだけで、楽しかったし、嬉《うれ》しかったんだ。

トランペットはコーイチさんと僕。

サックスはコーイチさんの同級生で幼なじみでもあるロールさん。小学校の頃から二人でずっとツルんでいるんだそうだ。

トロンボーンのMASHは僕のひとつ上で、やっぱりコーイチさんにスカウトされた口。同じくトロンボーンのヒデさんはコーイチさんの中学時代の吹奏楽部の二年後輩。

ギターの銀さんは、コーイチさんの中学時代の同級生。その頃からコーイチさんは親分肌で個性的で、ロックの神を目指すとか言ってたそうだ。

ベースのケンタはコーイチさんの高校時代のバンドがあんまりにもカッコよくて、自分で押しかけてきた。

ドラムのリュウさんはコーイチさんより一つ上の中学時代の先輩で、とにかくその頃のコーイチは生意気でしょうがなかったって言ってた。

キーボードのタカさんもやっぱり一つ上の先輩。先輩を先輩とも思わないコーイチさんだけど、その才能にだけはとことん惚《ほ》れているそうだ。あくまでも才能にだけ。

そういう、仲間。

☆

失意のコーイチさんだけど、立ち直るのも早かった。

所属事務所の社長に、売れない分はバックバンドでもなんでもやるから僕たちをクビにしないでくれって掛け合った。

自分で言うのもなんだけど、僕たちは全員腕が良かった。テクニックは抜群《ばつぐん》だと思ってたし、何より仲が良かったので、バンドとしてのノリは最高だった。もちろん社長もそこのところは判っていたらしくて、引き続き僕らは事務所所属のミュージシャンとして活動することになった。

最初に僕らがバックについた佐野万理《さのまり》ちゃんは、テレビのアイドルを生み出す番組で優勝してデビューした女の子だった。可愛いことは可愛いけど、歌唱力はまぁそこそこ。確かに人を惹《ひ》きつける何かを持っていたことは持っていたけど、アーティストと呼ぶのには程遠《ほどとお》かった。

もちろん、僕たちは彼女の歌を精一杯の高みに押し上げるために、演奏していた。彼女の声を最大限に生かすアレンジを施《ほどこ》し、黒子に徹し、コンサートでは最高のライブを演出するためになんでもやった。

それこそ、僕なんかは猫の着ぐるみを着てトランペットを吹いたこともあった。それがどんなにキツいことかは、もう言いたくないぐらいキツかった。

それでも文句を言う人間はいなかった。どんなときでも、どんな状況になっても、ステージに立ったら、楽器を持ったら、全員が同じ方向を向くことができた。

演奏するのがロックやジャズじゃなくて、ヒラヒラした衣装を着て可愛いだけのアイドルが唄う歌謡曲でもなんでも、僕らは楽しんで演奏していた。

みんなで一緒に演れる。

ただそれだけで良かった。

音楽は、誰にでも、どんな年齢の人にでもわかる最高の芸術だ。それがテレビの歌番組でもなんでも、楽しそうに嬉しそうに最高の演奏をしていれば、わかる人にはわかってもらえる。

そしてそれは小さなさざ波のように、波紋のように少しずつ拡がっていくんだ。

「あいつら、いいよね」

「上手いよね」

「さりげなくやってるとこがすごいよね」

僕らの評価は少しずつ高まり、佐野万理ちゃんもアイドルスターへの階段を一足飛びとは言わないけれど、ゆっくりと一段ずつ昇って行ったことは確かだった。それにつれて、僕らが自由に動ける範囲も増えていった。

ＬＰ用に、偉《えら》い作曲家の先生ではなく、コーイチさんが作った曲への評価が高まっていき、それがシングルカットされてスマッシュヒットを飛ばすと、僕らはただのバックバンドではなく〈佐野万理ｗｉｔｈハートブルー〉というクレジットで歌番組に露出するようになっていった。サックスのロールさんが前に出ていって万理ちゃんと絡《から》み、ギターソロでは銀さんが思いっきりそのテクニックをテレビカメラに向かって見せつけた。

僕らは、世間に認知されはじめた。

ところが。

「なんだって？」

そう訊いたコーイチさんの顔が歪《ゆが》んだ。

「なんだっても何も、そういうこと」

ロールさんがひょいと肩をすくめた。バンドのリーダーはコーイチさんだったけど、マネージメントは主にロールさんがやっていた。コーイチさんに事務処理能力なんてないに等しかったから。

その日は、仕事が急になくなってしまったので全員が〈ブラ番倉庫〉に集まっていた。どうしてスケジュールが急に変更になったのかを確かめるためにロールさんが事務所に行って、帰ってきて、報告したのが。

「するってぇと、あれか、早い話が杉沢《すぎさわ》のエロオヤジが万理ちゃんにちょっかい出したってのか!?」

「ちょっかいぐらいでは、スケジュールは飛ばないな」

リュウさんが言うと、タカさんも頷いた。

「手を出したんだろうさ。やっちまったんだな。杉沢の野郎は最初っから万理ちゃんに色目を使ってたからな」

杉沢っていうのは、杉沢みつひこといって、歌謡界の作曲家の中では中堅の部類のおっさん。その昔は歌手でそれなりに人気を博していた人らしい。スタイルも顔も良くて、よくテレビにも顔を出してタレント活動みたいなこともしていた。佐野万理ちゃんのデビュー曲はその杉沢の作品だったんだ。

「それはあれか!?　万理ちゃんも納得済みなのか!?　恋愛なのか!?」

コーイチさんの顔が真っ赤になっていた。

「恋愛なわけないだろ。杉沢はもう四十過ぎのおっさんだぞ？　ようやく高校を卒業した小娘をだまくらかしてぱくっと食べたんだろうさ。あいつはそういう奴じゃないか。狙《ねら》われたら素直な万理ちゃんなんかひとたまりもないさ」

「終わりかな」

ロールさんが煙草に火を点けた。

「遅かれ早かれマスコミには出るっぽいな。社長も頭を抱えてたよ」

「スキャンダルかぁ」

「万理ちゃん、かわいそうになぁ」

まだ十九歳。万理ちゃんは、本当に素直ないい子だった。アイドルとしては何年かぐらいしか持たないだろうなぁとは思っていたけど、性格の良い子だったから、うまく行けば女優とかタレントとかでやってはいけるかなぁとみんなで言っていたのに。

「あれ？」

ケンタが言った。

「コーイチさんは？」

みんなが周りを見回した。

どこにも、いない。

「ヤバイ！」

ロールさんが叫んだ。

「コーイチを探せ！　いや、杉沢を探せ！」

リュウさんとタカさんが慌ててた。

「杉沢を？」

「なんで？」

「あいつ、杉沢に何するかわかんないぞ！」


そう、その通りになった。

コーイチさんは、親分肌で、正義漢《せいぎかん》だった。可愛がっていた万理ちゃんが汚《けが》されるようなことをされて、黙っているはずがなかったんだ。

結果として、杉沢は歯が四本折れて人前に出られるような顔に戻るのに半年かかった。

指を折らなかったのは、同じ音楽を志す者としての武士の情けだとコーイチさんは言っていた。

　コーイチさんが杉沢に暴力を振るったことは、事務所の力と杉沢との密約でなんとか噂程度で済んだけど、僕ら〈ハートブルー〉の活動はそれで終わってしまった。

「済まん」

「いいさ」

「オマエがやんなくても、案外他の誰かがやったかもしんないしな」

「そうそう。ケンタなんか万理ちゃん狙ってたし」

「狙ってねぇよ！」

〈ハートブルー〉の名前は消えたけど、僕らが事務所をクビになったわけじゃない。

「またどさ回りでしばらくやっていけばいいだけの話だ」

　そう、それだけのことで杉沢に痛い思いをさせられるんだったら、いくらでもしてやるって銀さんも言った。

「いちばん可哀相なのは万理ちゃんだしな」

☆

再出発は、またアイドルのバックバンドから始まった。

伊東《いとう》ミキちゃんは信じられないぐらいの脚線美《きゃくせんび》と、決して上手くはなかったけれど、独特の風合いの声質を持っていた。

「いいな、いいよ」

事務所から渡された写真とデモテープを聴いてコーイチさんが言うと、珍しく銀さんもロールさんも興奮していた。

「この子は、きっと伸びるよ」

〈ブラ番倉庫〉に久しぶりにみんなが集まったのは、あの事件から半年後。それまでそれぞれがバラ売りになってアイドルや演歌歌手のバックや荷物持ちやいろいろやっていたんだけど、ようやく事務所社長の怒《いか》りが解《と》けて、またこうして集まることができたんだ。

「演りがいがあるってもんだな」

「うん」

リュウさんもタカさんもみんな嬉しそうだった。もちろん、僕も。

「この子をスーパースターにしてやろうぜ！」

コーイチさんの声が〈ブラ番倉庫〉に響き渡った。

「あ、バンド名はまた社長が考えるってよ」

「なんだ〈ウルトラホーン〉はまだお預《あず》けかよ」

「しょうがないね」

実力だけじゃ、この世界では上にあがっていけない。


それでも、また僕たちは一歩ずつ階段を上がっていった。

「おはようございます！」

初めて顔を合わせたときから、ミキちゃんと僕らはフィーリングが合うのを感じていた。彼女の身体の中にあるリズムが、僕らの演奏としっくり来るのが一回目の練習からすぐにわかったんだ。

「パーフェクトぉ！」

満面の笑みで叫ぶコーイチさんに、ミキちゃんも手を叩いて喜んでいた。打ち上げのときなんか、ミキちゃんはジュースで酔っぱらったようになって「皆さんに会えて良かったです！」と大騒ぎしていた。

「いい子だよな」

「うん」

長いストレートな髪の毛と、まるでビスクドールのようになめらかな肌と、そして切れ長の少し冷たさも感じるような瞳が、ミキちゃんの売りだった。まだ十九歳なのにちょっとスモーキーな声質がその雰囲気によく合っていた。

アイドルではなく、かといってアーティストでもなく、その中間。あいまいな雰囲気で売っていこうという事務所の狙いは確かだった。

脚線美を生かしたステージ衣装や、アイドルのように歌番組で露出することを彼女は厭《いと》わなかった。けれども、ライブではその個性を思いっきり際立たせて、自分の中に眠らせているアーティストとしての資質をふんだんに発揮した。テレビではできないようなロックテイスト溢れる曲も、ジャズで大人の雰囲気を醸《かも》しだすことも、すべてを物の見事に自分のものにして、どんどん音楽的にも磨かれていった。

そのギャップがまた話題を呼んで、彼女のLPはどんどんセールスを伸ばしていったんだ。事務所もアーティスト性豊かなミキちゃんを生かすために、僕らバックバンドとのコンビネーションを重視し始めて、ようやくまた僕らはフロントに立つことができた。

〈伊東ミキwithウルトラホーン〉

そう、ようやく〈ウルトラホーン〉の名前も使うことができた。さすがにミキちゃんのバックであの衣装をつけることはできないから、いつか一本立ちするときまで封印してあったけど。

歌番組、練習、作詞作曲、コンサートツアー、練習、歌番組。ハードなスケジュールをこなす中で僕らの結束は強まり、それにつれて売り上げもどんどん上がり、事務所もミキちゃんのプロデュースをコーイチさんに任すようになっていった。

そして、三枚目のアルバム制作のとき。彼女の個性的な作詞能力に眼をつけたのはもちろんコーイチさんだった。

「いいよ。ゼッタイいいよ。ウケるよ」

「本当ですか？」

「本当も本当。間違いない。おいゴトー」

「なに？」

普段の練習の合間に、そうやってミキちゃんと話していたコーイチさんは僕を呼んだ。

「このミキちゃんの作詞した歌詞にさ、曲つけろ」

「僕が？」

「オマエのメロディラインがピッタリだと思う。いい曲書けよ」

僕とミキちゃんの二人三脚を決めたのは、コーイチさんだったんだ。ミキちゃんが嬉しそうに僕を見つめて、「よろしくね、ゴトーさん」と言った。

だから、その半年後に、僕とミキちゃんが練習前に二人でみんなの前に立ったとき、付き合っていることを、愛し合っていることを告白したとき、コーイチさんは怒りもしなかった。

「恋愛は御法度《ごはっと》！」

いつもそう言っていたのに。色恋沙汰《ざた》はグループを壊す元になると、口を酸っぱくして言っていたのに、怒らなかった。

「問題は」

コーイチさんがそう言うと、ロールさんも頭を掻いた。

「事務所だな」

みんなが頷いた。

「ごめんなさい」

ミキちゃんと僕が二人で頭を下げると、みんなが苦笑した。

「謝るこたぁねぇよ。恋しちまったら、しょうがねぇ」

それに、最初っからそんな感じがしたんだよなってコーイチさんが言うと、これもみんなが苦笑いしながら頷いた。

「そうなの？」

リュウさんが頷きながら言った。

「似合ってたんだよな」

タカさんも笑った。

「そうそう、なーんかさ、二人並んだときに、なんかこう、うまくおさまるっていうかしっくり来るってな」

そんな感じがあったんだって、みんなが口を揃えて言った。そうだったんだ。

「まぁ何はともあれ、社長に報告するしかないよな」

許してもらうしかない。それはかなり厳しい道だと覚悟はしていたけど、その予想を上回るものが、事務所から返ってきた。

〈ウルトラホーン〉は解散。僕は、解雇《かいこ》。残りのメンバーはそれぞれ別の仕事をする。それがいやなら解雇。

コーイチさんのみ、ミキちゃんのプロデューサーとして今まで通りやってもらう。もちろん以上の条件が不服ならコーイチさんも解雇。

ミキちゃんはお咎《とが》め無し。でも、それは僕と別れることが条件で、この先も僕との交際を続けるならば事務所から追放するというお達し。二度と歌謡界で仕事はできないからな、という暗黙の脅《おど》し付きで。

「強気に出やがったな」

リュウさんが唇を噛んだ。

「強気の原因は、清水亜希子《しみずあきこ》ちゃんさ」

ロールさんが言った。

「亜希子ちゃん？」

それは、一年前に事務所からデビューしたアイドルだった。ミキちゃんの後輩。

「デビューしてあっという間にミリオンセラー、ルックスは抜群で歌も演技も上手い。こないだの主演映画も大ヒットして続編制作決定」

「ミキちゃんがいなくなっても懐《ふところ》は痛まんってか」

「アーティスト志向が強くなってきて、事務所のコントロールからはみ出しつつあるミキちゃんを放りだすか、あるいはまた自分たちの思う通りに動かせるようになるいい機会ってわけさ」

コーイチさんが、そう言って天を仰《あお》いだ。ミキちゃんが、またごめんなさいって言って、涙を流した。

「泣くな、ミキちゃん」

「だって、わたしのせいでみんなが」

「ミキちゃんのせいじゃねぇ。汚い大人の社会ってやつだ」

いつだって、才能を踏みつぶすのはそういうものなんだってロールさんは苦々しく言った。

「俺たちは、ただ最高の音楽を演りたいだけなのにな」

MASHが言って、うなだれた。どうすっかなぁ、と銀さんが天を仰いで、皆もそれぞれに溜息をついたり下を向いたりしていた。

でも、コーイチさんは、何故か仁王立ちして腕を組んで、じっと壁を見つめていたんだ。そして、急にくるっと振り返った。

「ゴトー」

コーイチさんが、にやっと笑った。

「はい」

「ゼッタイにミキちゃんの手を放さないと約束できるか」

笑っているけど、眼が真剣だった。

「手を？」

「何があろうと、ミキちゃんの手を握って、幸せに向かって走っていくと俺たち全員に誓えるかって訊いてるんだ」

「もちろんですよ」

ものすごく恥ずかしいことを言ってるけど、そういうつもりでいた。

「本当か？　何があってもだぞ？」

「何があっても、です」

「じゃあミキを愛してると、ここで、みんなの前で叫べるか？」

「叫ぶんですか？」

この人は何を言い出すか本当にわからない。

でも。

「できます」

じゃ、叫べ！　とコーイチさんがすごんだ。

「天にも突き刺さるような大声で、叫べ！」

叫んだ。

「僕は！　ミキを！　愛しています！」

〈ブラ番倉庫〉に響き渡るように叫んだ。でもそのすぐ後に、それを上回る声でコーイチさんが叫んだ。いや、吠《ほ》えた。

「よぉっしゃー！」

みんなが驚いてコーイチさんを見た。

「やるぞ！」

「やるって、何を」

ロールさんが訊くと、コーイチさんはいきなりだだだっ！　と走り出して倉庫の隅っこに置いてあった箱を叩いた。

「これだ！」

それは、封印してあったあの衣装。

ウルトラの父のホーンがついた鎧兜の衣装。

☆

僕とミキだけが、真っ暗になったステージの真ん中にいて、スポットを浴びていた。

後ろでタカさんはピアノを奏ではじめる。僕はそれについていき、ムーディな音を響かせた。ミキが、僕の傍に寄り添い、歌いはじめた。ジャジーにアレンジされた、ミキが書いたオリジナルのラブソング。


コーイチさんが、言ったんだ。

「一発逆転！　のるかそるかの大見得《おおみえ》芝居!!」

「なんだそりゃ」

「やるんだよ！　恋人宣言を！〈ウルトラホーン〉の一本立ちを！」

ツアーの最終日のステージが残っているんだ。それだけは今まで通りこなさないと事務所も困る。

そこで、僕とミキが、ステージ上で恋人宣言をするんだってコーイチさんは言い出した。

「宣言って」

「どうやって？」

ミキが訊くと、コーイチさんがにやっと笑った。

「キスに決まってんだろ。恋の調べに乗せて、二人で熱いくちづけを交わすんだよ」

そんな計画に乗ってしまったのは、もうそれが最後だって決まっていたからだ。もう僕とミキは別れることなんかできない。だとしたら〈伊東ミキｗｉｔｈウルトラホーン〉のステージは、ここで終わり。

だから。

僕とミキは、ボーカルとトランペットの響きで絡み合うようにステージの真ん中にいた。もちろん会場を埋め尽くしたファンは、それを曲に合わせた演出だと思っているからうっとりしたように静まり返っている。

ミキの歌が終わり、僕のトランペットが静かにフィナーレの音を響かせ、タカさんのピアノがそれを受け取って最後の一音を響かせると同時に。

僕とミキは、向かい合い、見つめ合い、抱き合い、そして静かにくちづけを交わした。スポットライトを浴びながら。

ファンの叫び声が響いてきた。ざわめきのように始まったそれはどんどん大きくなり、怒鳴り声に変わっていった。

僕とミキが離れずにいると、それはさらにうねるように拡がっていき、会場全体に殺気のようなものが漲《みなぎ》ってきた。

もう、そこにコンサートの雰囲気なんかなかった。まるで戦いの場みたいになっていった。

爆発寸前。暴動が起きる寸前のちりちりした空気が、客席からステージに向かってくる。

(押さえ切れない)

このまま何万人もの観客が騒ぎ出して、前に押し寄せてきたら死人が出るかもしれない。その場から逃げだしたくなるのを際でこらえて、眼を開けた。

その瞬間を目の当たりにした。

殺意さえ籠もった空気が、今まさに爆発しようとした瞬間。ステージから客席に向かって真っ白な光の束《たば》が放たれた。目つぶしってやつ。

一瞬、ステージが輝きの塊《かたまり》となって客席からは消えたように見えて、次の瞬間にはそれまでそこに居なかったはずの男たちが、足を拡げ、手を掲《かか》げ、一列に、仁王立ちになって客席に向かっていた。

怒りを孕《はら》んだ空気が、どよめきに変わった。

衣装はもちろん、あの馬鹿馬鹿しいロングホーンを付けた兜を被った侍スタイル。威風堂々《いふうどうどう》。

コーイチさんのカウントの声が、高らかに響いた。

音が、瞬間的に爆発的な大音量で、弾けた。

〈ウルトラホーン〉の唇から放たれた息が、真っ直ぐに管を伝わって、音になる。

何万人ものファンたちが、そのたった八人の男たちが発した音に、屈した。息を呑《の》んだ。さっきまで抱えていたはずの殺気が嘘のように霧散《むさん》していった。

天に向かって燃え上がるように高らかに、ホーンの音が重なり合って分厚い音楽へと昇華していく。

これこそ、〈ウルトラホーン〉の真骨頂《しんこっちょう》だ。

寸分の狂いもなく、すべての音が圧倒的な音を客席に向かって放出する。音の津浪《つなみ》。音の洪水。

吠えるトランペット。

唸るサックス。

跳《は》ねるトロンボーン。

後ろから地響きのようなドラム。

燃えるようなベース。

軽やかに飛び回るギター。

幾重《いくえ》にも重なるキーボードの調べ。

ロックとかジャズとかフュージョンとかそんなものを軽々と飛び越えていく、ただ、楽しいだけの、誰もがすごいと感嘆して、身体が動き出してしまう、〈ウルトラホーン〉の音楽。

「恋人たちの門出に拍手！」

声にならない声と、何万人ものファンたちの拍手。

みんな笑っていた。

コーイチさんも、銀さんも、MASHも、ヒデさんも、ロールさんも、ケンタも、リュウさんもタカさんもみんなみんな笑って拍手して、僕とミキを祝福してくれていた。

涙が出ていた。嬉しくて、おかしくて、こんなバカなことをしでかしてまで僕らを応援してくれる仲間が、愛しくて。

止まらない拍手のうねりの中で、コーイチさんが僕の耳元で囁《ささや》いた。

「今のうちだ。最後にやらかすから逃げろ」

コーイチさんが右腕を上げた。そのまま腕を振ってカウントを取る。

〈ウルトラホーン〉の皆がトランペットを、サックスを、トロンボーンを構えて天に向けた。

「ファイナール!!」

コーイチさんが叫ぶと同時に、音が弾けた。

「sing! sing! sing!」

スウィングが、跳ね回る。どうしてこんなにスウィング・ジャズは楽しいんだ。たぶん、会場にいるミキのファンはこんな古いジャズナンバーなんか知らない。どっかで聴いたことはあるって程度だ。

でも、楽しんでいる。

ダンサーたちが笑顔でスウィングを踊る。コーイチさんたちが〈ウルトラホーン〉のメンバーが兜を放り投げて、馬鹿馬鹿しい衣装の下に着込んでいたタキシード姿になっている。

コーイチさんのペットが鳴る。

ロールさんのサックスが響く。

MASHとヒデさんのトロンボーンが跳ねた。

本家本元のベニー・グッドマン楽団だってきっとかなわないぐらい僕らはスウィングしていた。

〈ウルトラホーン〉のみんなの音に押し出されて、僕とミキは走った。走ってステージを抜けて、会場を飛びだして、夜の闇《やみ》の中に走り込んでいったんだ。

二〇〇七年

ドラマはそこでエンドマーク。

〈ウルトラホーン〉最大のヒット曲になった『HEARTBEAT』がエンディングに流れて、ドラマ撮影の合間に撮った僕たち出演俳優のプライベートショットが次々に流れていく。

僕が撮影のために覚えたトランペットをくるくる回したり、お弁当を食べていたり、相手役の伊東ミキを演じた三島麻衣《みしままい》ちゃんと一緒に、休憩時間にトランプしたりしてる写真も出ていた。

いいドラマだったと思う。

コーイチさんやロールさんたちを演じた他の俳優の皆さんは演技派揃いで、未熟な僕や三島麻衣ちゃんの演技を数段上に引き上げてくれた。

何より、制作スタッフの、音楽に対する愛情が本当に良く感じられた。特に今回特別に音楽監督を引き受けてくれた三島麻衣ちゃんのお父さん、あの伝説のギタリストのリックさんは素晴らしい新曲とともに、音楽がメインのドラマのしっかりとした骨組みを作ってくれたんだ。

最高だった。見終わった人が、明日も頑張ろうという気になってくれるドラマだったと思う。

ドラマの元になった、もう三十年も前のお話。

日本の歌謡史に燦然《さんぜん》と輝く、まるで映画のようなあの〈事件〉。

事務所にバックバンドの恋人との交際を禁じられて、まさに引き裂かれようとしていた人気絶頂のアイドルが、ステージ上でその恋人とキスを交わし、そのまま会場から逃げ去って芸能界を引退していったあの〈事件〉。ものすごい騒ぎになったのは、当時の記事やニュースフィルムからもよく知っていた。

僕の好きな古い映画に『小さな恋のメロディ』というのがある。イギリスの、小学生同士が恋をして結婚したいと思って、同級生たちの祝福を浴びて最後に逃避行《とうひこう》するお話だ。ラストシーンで、主人公のメロディとダニエルは廃線になった線路を二人でトロッコを漕《こ》いで、どこまでもどこまでも走っていった。

そういう映画だけど、現実を考えたらあの二人はたぶんどっかで大人に捕まって家に連れ戻されて学校に戻されて。そうして、ひょっとしたらどちらかが転校させられて二度と会えないふうになってしまう。というのが相場かもしれない。

ドラマではうまくいっても、現実はそううまくいくはずない。

でも、父と母の場合は。

二人のロマンチックでドラマチックな逃走劇を演出し、一躍《いちやく》有名になった〈ウルトラホーン〉も、今は存在していない。

あの事件の後に出したアルバムはミリオンセラーを記録した。時代を越えた素晴らしいアルバムとの評価を受けたけど、そこまでだった。

グループとして一本立ちして、たった二年間の〈ウルトラホーン〉の活動は突然に終わりを告げた。

あの頃、〈ブラ番倉庫〉と呼ばれた港湾地区の倉庫は今もある。ただし、三十年もの月日が過ぎ、再開発とかでお洒落《しゃれ》な町に変貌《へんぼう》したここにただの倉庫は似合わない。数多くの歌手やアーティストを抱えて一大勢力となったかつての所属事務所の名を冠した記念館がここにある。

往年の人気歌手たちのステージ衣装や写真パネルの展示、今在籍する人気タレントのグッズや、もちろんCDやDVDの販売ショップ、そしてカフェやレストラン。そういうものが、〈ブラ番倉庫〉に詰め込まれたんだ。

「観ましたか？」

かつて、長身に甘いマスクでメンバーの中ではいちばんの人気を誇《ほこ》り、サックスを吹いていた通称〈ロール〉、本名巻上止隆《まきがみまさたか》さんは、ニコッと笑って頷いた。その顔には年齢分の皺《しわ》が刻《きざ》まれてはいるけれど、笑顔の甘さは昔も今も変わらないと思う。

「おもしろかったよ。すごく」

おもしろかったと繰り返して、何度も何度も頷いた。まるでその手にもう一度サックスを握ろうとするかのように、手を閉じては、開いていた。

六十歳になった巻上さんは、とうの昔にミュージシャンを辞めて事務所のマネージャーとなり、そして今はショップの店長として暮らしている。定年も近い。働いている従業員は、誰も巻上さんがかつてはあの光り輝くステージで、その澄《す》んだ音色のサックスで多くの若者を魅了したミュージシャンだったなんて、知りもしない。引退の理由を、才能がなかった、と一言で済ませてそれ以上は語らなかった。それでも、〈ウルトラホーン〉に対する愛情は人一倍で、人生の中で、いちばんの良き日々だったと語ってくれた。

トロンボーンのMASHさん、丹波環夫《にわたまお》さんは〈ウルトラホーン〉解散後、いくつかのバンドに在籍して、十年間ミュージシャンを続けた後引退。都内でバーを経営している。今はもうトロンボーンを手にすることはほとんどないけど、あの頃のレコードを今でも店で流している。三十年経っても、〈ウルトラホーン〉の音楽は色褪《いろあ》せていないよ、と笑顔で語ってくれた。

同じくトロンボーンのヒデさん、鹿島英紀《かしまひでのり》さんは、酒とクスリに溺れて三十八歳の若さで死んでしまった。籍《せき》は入れてなかったけど奥さんと、そしてあゆみちゃんという名の女の子が一人いた。もう二十代後半になったその女性は、自分の父親がミュージシャンだったことなど、何も知らないそうだ。教えられていないらしい。

ギターの銀さん、佐藤友茂《さとうともしげ》さんは、解散後にいくつかのバンドを結成して、最後のバンドになった〈レアグルーヴ〉が人気を博した。そのおかげで解散後はレコード会社のプロデューサーとなって、いくつかのビッグヒットを出したバンドを育て、そしてもうすぐ定年を迎《むか》えようとしている。結婚して子供も二人いて都内に家を持ち、メンバーの中ではいちばん穏やかな暮らしぶりかもしれない。銀さんの家にあるスタジオには、今も赤と銀に染め上げられた〈ウルトラホーン〉時代のストラトキャスターが置いてある。きれいに磨《みが》き上げられて、今もいい音を鳴らしている。

ベースのケンタさん、宇野健太《うのけんた》さんは、自ら理想とする音楽を求めてカリフォルニアに渡って、でもその二年後に消息《しょうそく》不明になった。渡米してから音楽活動をした形跡はまるでない。唯一、コーヒーショップで店員をしていたという証言が取れたそうだ。消息不明になって数年後に、シカゴのホームレスの中に居るのを、旅行中の親しかったミュージシャンに発見されたけど、それっきりだった。生きているのか死んでいるのかもわからない。

ドラムのリュウさん、横内龍之介《よこうちりゅうのすけ》さんは六十一歳になった今も熟練《じゅくれん》のスタジオミュージシャンとして活動している。同じ音楽畑で生きる銀さんとは交流が続き、年に何度かはMASHさんのバーで酒を飲んでいるそうだ。一年前に〈ウルトラホーン〉のカバーアルバムをインディーズで作り上げた。もちろん銀さんも、ロールさんも、MASHさんも一緒に。それから、学生の頃に〈ウルトラホーン〉に影響を受けてミュージシャンになった連中も多く参加して、トリビュートアルバムにもなっている。ドラマが制作されたのも、そのアルバムがきっかけになった。

キーボードのタカさん、吉川貴晃《よしかわたかあき》さんは、ミュージシャンを辞めた。何が理由だったのかは誰にも話さなかった。ロールさんの話では、僕の母に惚れていたんじゃないかってことだったけど、それが理由かどうかはわからない。奥さんのお父さんの口利きでコピー機の大手メーカーに就職、営業として長く勤務し、今は地方の支社の支店長になっている。一般人になったのだからと他のメンバーとは距離を置いていたけど、ドラマを制作するにあたって許可を取りにスタッフが訪問した際には、笑顔でOKを出してくれたそうだ。いつか気が向いたら連絡すると、銀さんやリュウさん、ロールさん、MASHさんに伝えてくれと言っていたそうだ。

トランペットで、リーダーで、〈ウルトラホーン〉の魂《たましい》だったコーイチさん。百瀬好一《ももせこういち》さんは、今は天国にいる。〈ウルトラホーン〉のコンサートツアー中、突然の心筋梗塞《しんきんこうそく》で倒れてそのまま帰らぬ人になってしまったんだ。

死ぬまで、ステージでトランペットを吹いていた人。

独身、宿無し、貯金無し。

限りない才能を持ち、無頼《ぶらい》であることを貫《つらぬ》き通した素晴らしきミュージシャン。

それでも、今はもうその名を知る人は、少ないんだ。


そして、僕の父と母。

〈ウルトラホーン〉でいちばん若くて皆に可愛がられたという、トランペットの五嶋匡一と、伝説のアイドルとして音楽史に名を残した伊東ミキは、劇的な逃走劇の果てに、父の生まれ故郷の北海道に帰った。

留萌《るもい》という小さな港町で、父は小学校の音楽教諭の職を得て、子供たちに音楽の楽しさを教え続けた。母は主婦として、あるいはパートとして日々働き、一粒種《ひとつぶだね》の僕を育ててくれた。父がピアノを弾き、母が唄ってくれた幼い日の思い出を、僕はとても大切に思っている。

音楽界、芸能界への未練はまったくなかったそうだ。

それでも、あの日々は自分たちの宝物だといつも言っていた。

居間の片隅にはあの頃の思い出の品々が飾《かざ》られていて、そこには〈ウルトラホーン〉のメンバーたちの写真もたくさんあった。僕はその写真を眺《なが》め、コーイチさん、銀さんにMASHさんにヒデさん、ロールさん、ケンタさん、リュウさん、そしてタカさん、みんなを、僕はまるで親戚のおじさんたちのように思いながら育ってきた。

俳優になった僕が、あの頃の父を演じることになったときに、挨拶に向かった。ロールさんも、銀さんも、リュウさんも、MASHさんも、みんなまるで僕を息子が訪ねてきたかのように歓迎してくれて、親愛の情を示してくれた。

あの頃の話をしてくれるときには、瞳が輝いていた。そして全員がかつて自分が愛用していた楽器を再び手に取り、僕に〈ウルトラホーン〉時代の曲を披露してくれた。

熱く、クールに。

賑やかに、静かに。

心震わす旋律を奏でてくれた。

今もその胸に燃え続けるミュージシャンの魂を、見せてくれた。

ドラマならハッピーエンドで終わる物語は、現実には、いつまでも続いていく。語られていく。父と母の物語が、僕という形をとって今も続いていくように。

その旋律は、いつまでも誰かの唇から奏でられる。
音楽は、続いていく。

バラードを

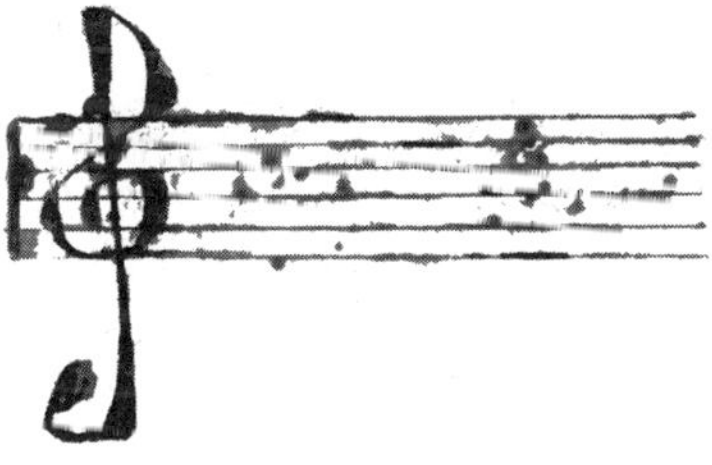

神さまがいるのなら、彼女に与えたものはたくさんある。
細身の、けれども量感をたたえたしなやかな身体。
どこまでも伸びていくようなハイトーンで、少しかすれたボーカル。
誰もが美しいと思う笑顔。
漆黒《しっこく》の炎と謳《うた》われる長い柔らかな黒髪。
そして、流れるように鍵盤《けんばん》を打ち続けることのできる長い指。

その代わりに神さまが彼女に与えなかったものもたくさんある。
優しい眼差《まなざ》しを向けてくれるはずの父と母。
平凡でも、優しく温かい家庭。
たくさんの友人と遊ぶ幸せな子供時代。
懐かしい故郷。
そして、この世の美しいものを見続けることのできる視力。

昨日の夜にふと浮かんできた文章を読んで彼女に聞かせると、ひとつひとつの言葉、センテンスに頷きながらこちらを見ていた。いや顔を向けていた。その瞳に決して姿が映らないとわかってはいても、その美しさに誰しも息を呑むだろう。

見えない人の瞳のことを、よく光が宿《やど》らないと表現してしまうがそれはまったくの間違いだと彼女を知れば気づく。彼女の瞳は本当に美しい。こんなにも美しい光をたたえた瞳に出会ったのは初めてだった。

「まだわからないけど、もしこれが本になるなら冒頭にあてこむのがいいんじゃないかと」

「いいわね」

「そうですか」

「素敵な文章。本当よ。やっぱりあなたは素晴らしい作家なのね」

「お褒《ほ》めにあずかり恐縮です」

少し冗談めかすと、笑いながら身体全体をこちらに寄せてきて手を伸ばすので、その手に自分の手を重ねると、彼女は両の掌《てのひら》で優しくこちらの手を包んでくる。やわらかくあたたかい掌。別に私にことさら好意を持っているわけじゃない。眼の見えない彼女の、他人とのコミュニケーションの仕方だ。

　最初の日のインタビューのときに言っていた。

「長い間、こうやっていろんな人の手を握っていると、手の形だけでその人となりがわかるようになってきたの」

「本当に？」

「そんな気がするだけかもしれないけど。でもたいてい当たっているわね」

　彼女は、手を握るだけで、その人のパーソナルなものをいろいろと読み取る。初めて会ったときには、私の手の甲についていたひっかき傷に気づいて、それを指で探りニコッと笑ったのだ。

「あなたは猫を飼っているのね？　まだ子猫なのね？」

　驚いて、その通りだと答えると、傷の深さや大きさで猫なのか他の動物なのか、大きさも大体わかると言った。それからしばらく猫談義に花が咲いたが、それは取り立てて使えるような内容ではない。二人の猫好きの、しかも親バカな話ばかりだ。

　彼女が手を放して、椅子の背に凭《もた》れながら少し微笑んだ。

「あぁ」

　微笑を苦笑に変えて、二度首を軽く横に振った。

「なにか？」

「ちょっと不安があるかも。さっきの文章に」

「不安？」

「〈誰もが美しいと思う笑顔〉、なんて原稿にＯＫを出したら、はしたない女に思われないかしら」

それは大丈夫、と答えた。

「ものを見る眼を持った人間なら、誰もが思うことだから」

彼女はありがとう、と小さな声で呟《つぶや》いてはにかんだ。

こうやって眼に関することを表現するのを、彼女は嫌がらない。むしろどんどんジョークにしてしまってかまわないと言われた。もちろん殊更《ことさら》にそうする必要はないが、怖がらないでほしいと。人は、何かが不自由な人の前に立つとその部分を気にするあまり萎縮《いしゅく》してしまう。それはフィフティフィフティではないと彼女は言った。

「なんのハンデもない、対等な人間として接してほしい」

そのためには、眼が見えないこともジョークにして慣れてほしいと。彼女が言いたいことはよくわかったのでそうしている。

「始めましょうか」

どこまで話したかしら？　と言ってから、ふと窓の方へ顔を向けた。眼下に都会の街並みが拡がる大きな窓。光は薄ぼんやりと感じ取れると聞いている。ちょうど雲の切れ間から太陽が顔を出し、強い陽射《ひざ》しが部屋の中にも差し込んできたからかもしれない。

「いいお天気になるのかしら」

「晴れるそうだね。気温も上がるとか」

「後から、外に出てみる？」

「ランチはベランダで？」

「いいわ」

彼女が腕を伸ばし、ソファの傍《かたわ》らにあるサイドテーブルの電話を取って、すぐ隣の部屋で待機しているマネージャーにその旨《むね》を伝えた。

このホテルで、彼女と二人きりの時間を過ごすようになってから一週間が過ぎた。多くはランチを一緒にするぐらいなので、時間にすると一日分にもならないだろうが、もうお互いの間に流れる空気は十分に馴染んでいた。飲物は何が好きなのか、食べ物にはどう気を使っているのか、動くのはどういうタイミングを好むのか、どう進めるとお互いに気まずくならないのか。ロングインタビューを続けていくための下地は既にできあがっている。

あとは、ゆっくりと信頼関係を築いていけばいいのだろう。何もかも話してもいいと、思わせるような。思ってくれるような。

＊

彼女が、突然引退宣言をしたのは八ヶ月前のことだ。

そのニュースは瞬《また》く間に世界中を駆け巡った。

〈世界の歌姫が引退〉

〈もう踊らないdancing pianist〉

〈キーボードの上に倒れ込んだまま起き上がらないのか〉

人気に翳《かげ》りが見えてきたわけでもなんでもない。二十歳でデビューしてから、八年というベテランの域に達するまでの歳月が流れたものの、彼女の人気は常にトップクラスに位置していた。シングルやアルバムを出す度にそれは確実にトップチャートに上り詰《つ》めていたのだから。

何より、一年前に出した曲は彼女自身初のダブルミリオンを記録し、今も売れ続けている。いや、既にバラードのスタンダードナンバーとして定着したと言ってもいいだろう。

その歌は、物書きを生業《なりわい》にしているのに陳腐《ちんぷ》な表現しかできないのが情けないが、まさに触れれば壊れそうな美しさを持った曲だ。いなくなってしまった恋人らしき人物のことを歌った歌詞には多くの女性が涙しただろうし、その悲しさとは裏腹の果てない希望を感じさせる曲想には、誰もが鳥肌が立つほど感動していた。

キーボードの前で、まるで踊るように、いや実際に立ち上がり踊りながら激しく弾き歌う彼女独特のステージングスタイルを封印し、ピアノの前に座り、静かに、さながらミサのような荘厳《そうごん》さも感じさせるほどの静けさの中で歌うその姿は、まさに彼女の新しい時代の到来を感じさせたのだ。

それなのに。

マスコミはもちろん、世界中の彼女のファンたちがその理由を知りたがったが、彼女は沈黙を続けた。

むろん、その沈黙をそのまま続けさせるほどマスコミも音楽業界も優しくはない。あの手この手を使って彼女の言葉を、引退の真偽と、引退するならばその理由を語らせようとした。手練手管《てれんてくだ》を尽くしたがその全ては上手くいかなかった。

私も、その手段の中のひとつだ。

誰かが、以前に彼女が、熱心なファンで著作を全部読んでいると言っていたあの作家ならどうだと考えた。もちろん彼女の場合は、朗読《ろうどく》された作品を聞き、点字になったものを読んでいるのだが。

　年齢もさほど変わらないし、あの作家の作品は彼女の歌の世界観に通じる部分もあるじゃないか。ひょっとしたら、あいつに彼女の本を書くという名目でインタビューさせれば、彼女は何もかも語ってくれるのではないか？

　実はそう考えたのは私の幼なじみであり、やり手のエージェントとして飛ぶ鳥を落とす勢いのハンマだ。


「僕が？」

「そうだ」

「確かに彼女は魅力的な女性だとは思うし、歌も素晴らしいが、僕はフィクションの作家だぜ？　インタビューして自叙伝《じじょでん》をまとめるなんてしたことがない」

「大丈夫だ」

「何が大丈夫なんだ」

「同級生でいちばん女を口説《くど》くのが上手かったのはオマエじゃないか」

その口車に乗せられたわけじゃない。驚いたことに彼女が、その話にOKを出したんだ。

彼が、つまり私が、インタビューをして自分のことを書いてくれるというなら、それはとても楽しく嬉しい出来事になるだろうと。

そうしてあっという間にロングインタビューの日程が調整され、私は一ヶ月間もの時間をもらった。もちろんその間、彼女には個人的な用事以外は何のスケジュールも入っていない。

用意された高級ホテルのスイートは丸々私たちのためにそのスペースを空けてある。インタビューのやり方と時間は、彼女と私の話し合いで決められた。

「ゆっくりと、思うままに」

それが決め事になった。元より私はノンフィクションライターじゃない。インタビューの駆け引きも何もわからない。ただただ彼女が話したくなったことを、聞き上手なカウンセラーよろしく微笑みながら聞いているだけだ。

新しい友人と、どこかのリゾートにでも来てのんびりと過ごしている。そんな感じで時間はゆるやかに過ぎていた。

不満などあるはずがない。美しい女性を、それも才能豊かなミュージシャンを独《ひと》り占《じ》めして一ヶ月もの間過ごせるのだ。

こんなとびきりの休暇のような時間は、他の誰も過ごせやしないだろう。

＊

「ごめんなさい。なんだかあなたの作品の話ばかりさせてるみたい」

いいですよ、と笑った。

「ファンの人に、作品を褒めてもらうのは何より嬉しい」

風もない、いい天気だった。広いベランダのテーブルには彼女のリクエストでまるでピクニックのような、サンドイッチを中心にしたランチが用意されていて、それを頬張《ほおば》りながら私たちは話を続けていた。

この一週間で私が知った彼女のことは、ほとんど誰もが知るような公《おおやけ》のプロフィールだけだった。そこに多少本人の回想が加わって、確かにファンならずとも知りたいディテールに富んではいたものの、肝心《かんじん》の引退の理由についてはまだそのカケラも手に入れてはいない。

もとより、私自身はそんなものには何の興味もなかったのだけど。いや、何もないと言えばそれは嘘になるか。これほどのスーパースターが一体どんな理由で引退しようというのかは、確かに聞いてみたいと思う。

だが、それをおもしろおかしく脚色して世に伝えることには何の興味もない。ついでに言えば、出版社にせかされながら彼女の自叙伝を書く気もさらさらない。

単純に、彼女の話を聞いてみたいと思っているだけだ。およそ普通の人とはかけはなれた人生を送ってきた彼女が、何故あのような、誰もが楽しいと感じる音楽をステージングできるのかを知りたいと思う。私も、彼女のファンの一人として。

「先日、S&Kのコンサートに行ってきたの」

ふいに思い出したように彼女がそう言った。

「あぁ」

長年沈黙していた男性デュオだ。つい先日、奇跡といってもいい復活を遂《と》げた。ニュースでしか知らないが、音楽業界では彼女の引退よりも大きなニュースだった。美しいハーモニーと繊細なメロディとアイロニーに富んだ歌詞。私も小さい頃からずっと彼らの曲を聴いてきた。

「とても元気そうだったとか。彼らとは親しいんですか?」

「とんでもない」

大げさに肩をすくめた。

「私もただのファンよ。嬉しかったわ。また二人の歌声が聴けるなんて、夢のようだった」

「きっと」

言ってみた。

「あなたのファンも、そう願っているはずですよ。あなたの曲も声も、彼らに勝るとも劣《おと》らないのだから」

彼女が、ミネラルウォーターを一口飲んでから、くすっと笑った。

「なんだか、おかしい」

「何が？」

「会ってからずっと、私たちお互いを褒め合ってる」

また、笑った。

「確かに」

「気持ち悪いわね」

そんなことはない、と言った。

「お互いに作った料理がそれぞれに、お互いの口に合ったということなんだから」

彼女はこくんと頷き、お料理かぁ、と小さく呟いた。

「私ね」

「うん」

「初めてピアノを弾いたのは、フライパンの音を出そうと思ったからなの」

「フライパンの音？」

そうなの、と彼女は頷いた。それは聞いたことがないし、どのプロフィールにも書かれていない話だった。

「小さな私を施設《しせつ》から引き取ったのが、縁《えん》もゆかりもないおばあさんだったというのは、話したわよね」

「そうだね」

「そのおばあさんと暮らした小さなアパルトマンの一室には、何故か古ぼけたアップライトピアノがあったの。もうほとんど物置場と化していたピアノ」

彼女がマミィと呼んだその老女は、七十八歳でその生涯《しょうがい》を閉じるまで彼女をきちんと育ててはくれたが、表立って愛情というものを示してはくれなかった。抱きしめることも、優しい言葉を掛けることも。でも、彼女を疎《うと》むことは一度もなかったという。言ってしまえばまるで義務であるかのように彼女に接していた。

「あるいは、単に私を養女にすることでの扶養手当《ふようてあて》が目当てだったのかもしれないと思ったこともあったわ」

彼女はそう言ったが、既に盲目になってしまっていた彼女を引き取り、曲がりなりにもきちんと育ててくれたのだから愛情はあったのだと思う。なければそんなことができるはずもないとは思ったが、黙って相づちを打った。

「彼女は、何故か料理中よく音を立てていたわ。引き出しを開けるときも鍋《なべ》を置くときもフライパンをあやつるときも」

そしてよく足踏みもしていたという。

「小さな私は、そのリズミカルな足踏みを真似したり、フライパンの音を鍵盤で出したりして遊んでいたのよ」

マミィの立てる音がおもしろくて、それを真似して上手くいくと、マミィは「上手ね」と褒めてくれたという。フライパンの音を鍵盤で真似したというのは、彼女に絶対音感があったことの証左《しょうさ》だろう。

「それが嬉しくて、私はずっとピアノを弾いていた。弾きながら、彼女の立てる音を真似して足踏みしていたから自然と弾きながら踊るようになっていたの」

彼女がデビューしたとき、聴くものを圧倒したのはもちろん声の良さやロックテイスト溢れた楽曲の素晴らしさもあったのだが、何よりもキーボードの前で、素晴らしいテクニックで弾きながら見せる踊りだった。

タップのように足を踏みならし、くるりと回転し、手を打ち鳴らし飛び上がる。その度に長い黒髪が彼女の美しい肢体《したい》にからみつくように波打ち流れて、観る者を魅了した。

「考えたものではないのよ。小さい頃からそうやっていたから、それが私にとっては自然なパフォーマンスだったのね」

それほど激しく踊り歌う美しきミュージシャンが盲目であったことも、彼女をスターダムへ押し上げる要因になっただろう。

「まぁマミィのおかげと言えないこともないわね」

「おかげというよりも」

「なに？」

思ったことを言ってみた。

「それが、マミィの愛情だったのかもしれないね」

「愛情？」

見えないはずの彼女の瞳が正確に私の眼を捉《とら》えた。何もかも見透《みす》かすような栗色の瞳。

「話を聞いて思っただけだから無責任な発言かもしれないけど、君のマミィは愛情というものを表に出すのが下手くそなだけだったんじゃないのかな」

ひょっとしたら、彼女が盲目であったことも原因かもしれない。どう接していけば、彼女のためになるのかをいろいろ考えたのかもしれない。

「自分の年齢を考えると、君と過ごせる時間は限られている。だとしたら、君をたくさんの愛情表現で甘やかすよりも、自分が死んだ後も一人で生きていく力を与え、自立を促《うなが》す方法はないものかと」

眼が見えないのなら、生きていく上でそれにとって代わる主な感覚器官は耳だろう。それは、〈音〉だと。

「わざと、音を立てたということ？」

私は頷いた。

「私はここにいる。そして、今は何をしているかということをはっきりと音で表現した。ピアノがあったことも考えると、ひょっとしたらマミィもまたかつてはミュージシャンだったのかもしれない」

思わず子供が踊り出してしまうほどのリズミカルな足音やタイミングのいい様々な物音を出すことは、それなりに才がなければできないだろう。少なくとも私は無理だと思う。だからこそ、彼女の耳が優《すぐ》れていることも見抜いたのかもしれない。

そう言うと、彼女の表情が少しだけ曇った。

「そんなこと、一言も言わなかった」

「考えたこともなかった？」

こくんと頷いた。彼女がマミィと過ごしたのは六歳から十三歳になるまでの七年間。

「どうしてなんだろう。今の今まで、そんなこと考えたこともなかった」

初めて見せる、とまどいの表情。

崩れた、他人の前で被る仮面。

それがあまりにも顕著《けんちょ》だったので、慌てて私は言った。

「そんなものなんだろうと思うよ」

私自身、作家になってから初めて自分の子供の頃を振り返って、そういえば自分の家には本が溢れていたと気づいた。殊更に読書好きな子供でもなかったのだけど、家の本棚に並んだ背表紙の映像は、今もありありと思い浮かべることができる。

「今の自分の中にあるものは、毎日の暮らしの中で少しずつ積み上がってきたものなんだと気づいたのは、随分《ずいぶん》大人になってからだったよ」

彼女の表情の変わりように少しばかり驚いて、なぐさめるつもりでそう言った。ひょっとしたら、何かに、彼女の心のどこかに触れてしまったのかもしれないと思いながら。

彼女はじっと私を見ていた。いや、顔を向けていた。

個人差はあるのだろうけど、眼の見えない人は何かを考えるときにどこかへ顔を向けるという習慣はないようだ。眼の見える人は、たとえば下を向いてみたり眉《まゆ》をひそめてみたり、どこにも視点を合わせないようにしたりするのだろうけど、彼女はそんなことはない。さっきから変わらずに私の方へ顔を向けてはいるけど、私に神経を集中してはいない。何かを真剣に考えていた。

「少し休憩しようか？」

そう言うと、やや間があってから首を横に少しだけ振った。

「ごめんなさい。ちょっとだけ、考え事を」

「うん」

できるだけ声を出す。それを心掛けていた。ただ頷いただけでは彼女には見えない。もっとも、こちらのほんのわずかな動きも彼女の耳は捉えているようだけど。

彼女が何らかのアクションを起こすまで待つつもりで、ゆっくりと椅子の背に凭れかかった。午後になって強くなってきた陽射しは白い大きな布製の傘が遮《さえぎ》っている。はるか下から響いてくるクラクションや車の走る音が、ちょうどよい大きさのBGMのように聴こえてくる。見えるわけではないが、顔を向けてその音に耳を傾けた。

〈街がジャズを唄っている〉

そう歌ったのは誰だったろう。確かに都会の喧騒《けんそう》は、ロックよりジャズの響きに似ているような気がする。ときには悲しく、ときには激しく。スモーキーに、ダンサブルに、猥《わい》雑《ざつ》に。

顔を戻したときに、思わず椅子の縁《へり》をつかんでしまった。

彼女が、涙を流していた。慌てて立ち上がり、その傍らにしゃがみこんでそっと手を握った。

「大丈夫?」

彼女は、涙をもう一方の手で拭《ふ》き、頷いた。

「ごめんなさい」

そうしてその手を私の方に伸ばしてきて、肩をそっと摑み、身体を寄せてきた。私も逆らわずに、淋しがる子供の背を包むように、あやすように彼女の身体にそっと身体を寄せた。

やはり何かに、触れてしまったのだろう。どんな理由にせよ女性に涙を流させてしまうのは男としては失態《しったい》だろう。

「私には」

　ふいに彼女がそう言って、そこで言葉を切った。身体をゆっくりと離していったので、私もそっと手を離し、わざと音を立てて自分の椅子に戻った。

　何秒かの間を置いて、彼女は、少し頭を振った。長い黒髪が揺れる。

「愛がわからないのかもしれない」

　愛がわからない？

「それは、とても文学的な表現だけど」

　どういうことだろう、と訊いた。会ってからずっと彼女の身体から漂《ただよ》っていた、スターだけが持つオーラのようなものが薄れていると感じていた。

「自分で曲を作るようになってから、ずっと思っていたの」

「うん」

「心が震《ふる》えるような、バラードを歌いたいって」

「バラード」

　永遠のスタンダードナンバーになるような、素晴らしいバラードを歌いたい、作りたいと思っていたと言う。

「〈Georgia on My Mind〉〈Let It Be〉〈Bridge Over Troubled Water〉〈Starcust〉〈We're All Alone〉挙げていけば切りがないほどたくさんの素晴らしいバラードナンバー。そう

いうものを」

「それは、できたよね」

それらのバラードナンバーに勝るとも劣らない彼女の曲。名実ともに代表曲になったと言ってもかまわないだろう。けれども、そう言うと彼女は首を横に振った。

「デビューしてからあの曲まではずっと、売れたのはポップチューンばかりよ。バラードはまるで受け入れられなかったの」

そうだったか。思い返してみると、そう言われればと納得した。今までにもバラードのシングルカットはあるにはあったが、確かに凡庸《ぼんよう》な印象は否《いな》めなかった。素直にそう伝えると、彼女は頷き、一度小さく震えて自分の腕で自分の身体を抱きしめた。

寒くはない。むしろ暑いぐらいだ。

「踊るように弾き歌うことばかりがクローズアップされて、それは私にとっては自然なことだったから嬉しかったけど、自然なことなのにどんどんステージングとしてのそれを要求されて、応えると観客は熱狂して」

熱のこもらない口調で彼女は言う。言ってから少し小首を傾げて私の方に顔を向けた。

「わかるような気がする」

それはおざなりの同意ではなく、本当にわかった。ジャンルは違うが、私も同じ創作をする者だ。自分の内から自然に滲み出るものを評価され、けれどもその自然に出てくるはずのものを無理やりに出せと要求されることの辛さ、歯がゆさ。

それがプロの表現者だと言われれば何も言い返せないのだが。

「どうして、私には人の胸を打つバラードが作れないんだろうと悩んだの。悩んだ、なんて簡単な言葉で言いたくないほど、ずっとずっと考えていた。でも、そんなこと考えなくていいってぐらいに、私は売れていったのね」

テーブル越しに手を伸ばしてきたので、私は両の手でそれを包んだ。少し体温が低いのではないかと思える掌。彼女は、ゆっくりと小さく頷き、私の手の上にもうひとつの手を置いて続けた。

「私は、小さい頃は眼が見えていたから、あなた方の世界がわかる。眼が見えるということがどういうことか理解できる」

「そうだね」

「でも、あなたは、何も見えないという世界がどういうものか、本当には理解できない」

それもそうだと同意した。いくら眼を閉じてその世界を理解しようとしても、肌で感じとることはできないだろう。

「恋人はいる？」

「特定の、という意味では今は」

「でも、人を好きになるということは理解できるわよね？　好きになった人にキスしたい、抱き合いたい、その身体を確かめたいという感情は」

「もちろん」

「私にそういう感情が芽生《めば》えたときには、もう世界は暗闇だったの。この人はとてもいい人だと思って、この人のことが好きなんだろうかと思ったとき、その人は私には見えなかったの。想像するしかないの。こうやって」

重ねていた手を離して、伸ばしてきて、両の掌で包み込むように私の顔を、そっと撫でる。

「想像するしかない。今、私の眼の前にいる大好きな小説家が、心地よい低い声で喋る紳士的な男性がどういう顔をしているのか、どういう身体をしているのか」

その世界は理解はできても、わからない。その想像がどういうものなのかは。

「だから、いくら私がバラードで愛を唄っても、その愛は、他の眼が見えている人たちとは違うんじゃないかという思いが、ずっとつきまとっていたの」

「けれども」

同じように盲目で、素晴らしいバラードを唄い、愛を謳い、認められたミュージシャンは他にもいる。そう言うと彼女は溜息をつき、うなずきながら私の顔から手を離して、椅子に凭れかかった。

「できるなら、訊いてみたかった」

その機会は今になるまでなかったと言う。

確実に、この会話がどこかへ向かっていると感じていた。けれども、それが一体どこへ行き着こうとしているのかがわからなかった。

「今、何時になったの？」

「もうすぐ、二時になる」

そう、と彼女は呟いて、そのままじっとしていた。時折唇を噛みしめ、何かを考えていた。

「ごめんなさい。少し頭を冷やしたいの。また夜に会えるかしら？」

＊

九時に、という約束をした。

彼女が何かを話そうとしているのはよくわかった。それはたぶん引退の理由に繋がるものだとは推測したけど、昼間の会話のどこからそこへ繫がるのかがよくわからなかった。

いいタイミングで調子はどうだと電話をしてきたハンマと一緒に、ホテルの近くのレストランで夕食を済ませて、スモーキングバーへ移動した。近頃じゃ煙草を吸えるところが砂漠のオアシス並みに希少価値になっている。

「どうだ、歌姫との逢瀬《おうせ》は」

「悪くない」

悪くないじゃねぇよこの野郎、と怒る。

「セッティングしたのはお前だろう。何を怒る」

「そうだけどよ。俺は世界中の男性ファンの気持ちを代弁してるんだ。くそったれこの野郎と」

まぁ確かにそうだろう。これがただのデートだったら、私も作家になって良かったと心底思ったかもしれない。

「何か、わかったのか」

「わからないよ。全然」

何も約束はしていない。確かにセッティングしたのはハンマで、もしこのインタビューが文章になるのなら、それを扱う権利を持っているのはこの男だ。だが、最初に約束しておいた。私自身が納得しないと、何も文章にはしないと。

「今のところ言えるのは、バラードかな」

「バラード？」

「そう。バラード」

悪い奴じゃないが、ビジネスに関しては獣《けもの》のような嗅覚《きゅうかく》を発揮する男だ。彼女がこんな男の食い物になるのは許せないので、思わせぶりな単語だけ出してみた。

「お前だって彼女のファンだろう。彼女の曲の中で好きなバラードはあるか」

「そりゃあ」

「あの曲を除《のぞ》いて」

そう言うと、腕組みをして天井を見上げた。

「さてな。んーまぁないことはないが」

「ピンとくるのはないだろう？」

「まぁそうだな。おい、それが何か引退の理由に関係してくるのか？」

煙草に火を点けて。煙を顔に向かって吐いてやった。

「わからん」

「わからんって」

あれほどの名曲がもう書けないというスランプからだろうという話はもちろん出ていた。それならそれで、引退の理由としては理解できる。確かにあんな名曲がポンポンと出てきてもらっては有り難《がた》みも薄れるというものだが。

「そんなんじゃないってことは皆思ってるさ」

「そうだな」

仕事抜きにしてやるから、幼なじみとして教えてくれとハンマが懇願《こんがん》するように言った。

「何をだ」

「彼女は、どんな女性なんだ」

「どんなって」

見たまんまだと答えた。マスコミに登場する彼女と、今まで話してきた彼女との間にギャップは今のところ何もない。

「そういう意味では裏表のない女性なのかもしれないいな」

そうか、と頷き、少し考えたような顔をしてから、淋しくはないのか、とハンマは訊いた。

「淋しい？」

　あぁ、と頷き、ハイボールのグラスを呷《あお》った。煙草を切らしたと私のものから一本抜いて、火を点けた。

「どういう意味だ」

「なんかな。彼女のＤＶＤとかを観る度にな、俺は悲しくなるんだ」

「何故だ」

「手だ」

「手？」

　腕って言った方がいいか、と続けた。

「あの長くて優雅な腕がさ。ふと動きが止まったときなんか、なんかいっつも淋しそうなんだ。そう感じるんだよ俺は。何かを抱きしめたくてもそれがそこにないような、所在なさげな感じがしてな」

　悪い奴じゃないが、良い男でもない。それでも、私がハンマと友人で居続けるのは、こういうところだ。こいつは、そういう奴なんだ。

「そうだな」

　その通りだとハンマの背中を叩いた。

＊

約束通りに九時に部屋のドアを開けた。

カードキーはお互いに持っているので、ノックはせずに開けてから声を掛けた。小さく返事が聞こえたので、そのまま廊下を進んだが姿が見えない。寝室かと思い、そのままベランダに向かった。

禁煙の部屋なのだが、喫煙者の私のために、ここにだけ灰皿を置いてもらっている。煙草を吸っていると、彼女がゆっくりと歩いてきた。良く使うこの部屋の中は熟知しているそうで、その動きに淀《よど》みはない。それでも煙草を灰皿の中に放り捨てて、急いで彼女の傍に寄り、手を取った。

「ありがとう」

その笑顔に、昼間と変わった様子はない。Tシャツにジーンズというラフなスタイルだったものが、白いゆったりとした柔らかそうなワンピースになったというだけ。

「ベランダでいいのかな？」

そう訊くと、彼女はほんの少し首を傾げてから、私の手を握り部屋の中へと歩を進めた。

　そのまま、彼女の足は寝室へと向かった。私の手を引きながら。

　一瞬躊躇《ちゅうちょ》したが、逆らわなかった。ゆっくりと彼女は寝室の中へ入っていき、大きなダブルベッドの前で私の手を離して、自分はベッドの端に腰をゆっくりと下ろした。失礼だが、眼が見えないのが幸いだなと思った。この美しきスーパースターに、寝室に招《まね》き入れられたのだ。まったくどういう顔をしていいかわからないけど、どんな顔をしていても彼女には見えない。

「好きなところに座って」

　私の横でも、そこのソファでも、と彼女は言った。

「床でも？」

　言うと、彼女は笑った。

「お望みなら」

　そういう気持ちはさらさらなかった。何を考えているのかはわからないけど、寝室に連れてきたことには確かに意味があるんだろう。その真意を探るために、ゆっくりと彼女の隣に腰を下ろした。ただし、線引きをする意味で、子供・人分くらいの間を空けて、そこに置かれていた彼女の手に自分の手を重ねた。

「恋人がいたの」

「うん」

私の手を握り返しながら、前を向いたまま彼女は言った。

「五年前ぐらいから、関係があったの。大好きだった。愛していた。ミキシングのエンジニアよ。私の音楽をとてもよく理解してくれて、同時に私のことも理解してくれた」

スタッフの間では周知の事実だったそうだが、それが外部に漏れることはなかった。彼女を取り巻くスタッフは、事務所も含めてアットホームだという話は聞いた。これまでスーパースターにありがちなスキャンダルめいた話が、彼女に関しては一度もなかったというのがそれを示しているんだろう。

「この部屋で、彼と何日も過ごしたことがある。このベッドで、何度となく愛し合ったことも」

少し震えながら言った。そこで、ようやくここに連れてきた理由がわかった。その話をするために、ここに居ることが彼女にとっては必要だったんだろう。

「彼は、死んだわ」

握る手に、力がこもった。

「一年と、三ヶ月前」

「どうして」

「自殺したの」

一人で山に分け入り、川に落ちて死んだ。

「事故ではなくて？」

「遺書があったの。正確には録音された彼の言葉だけど」

思わず顔を顰《しか》めてしまった。眼の見えない彼女に紙に書かれた遺書は確かに無意味だろうけど、死んだ後にその声を聞かされるというのはどうなんだ、と。けれども、確かにこれは自分の遺書だと彼女に納得させるのにはそれしかないのか。

「彼は、私に最高のバラードを書かせるために、自殺したの」

「なんだって？」

思わず見つめた彼女の横顔に、頬に涙がつたっていた。

「自分の子供時代の、過去の悲しみを見つめてそれを謳っても、その歌は売れなかった。恋人ができてもそう。恋人と結婚して幸せな家庭を築く姿を想像しても、子供のできない身体の私にはそこに希望を込めることができずに、素晴らしい歌を生み出せなかった。聴く人の心を震わせるものができなかった。何もかもが、駄目だったのよ。彼があふれる愛情を私に注いでくれても、それを感じながらも、私にはそこからバラードが生み出せなかったの。全然駄目だったのよ。愛を謳うことも、悲しみを謳うことも、幸せを謳うことも、ただの上っ面をひっかくことさえできなかった」

相づちさえ打てなかった。今までに聞いたことのない、心の奥底から絞《しぼ》り出すような声だった。言葉だった。

「彼は、懸命に私に何かを与えようとしてくれたわ。自分の全てをなげうってでも、私に最高のバラードを生み出させようとしてくれた。なにもかもが駄目だと私が感じていることに、私以上に苦悩《くのう》してくれた。自分では私に何も与えられないと」

ゆっくり、彼女が私の方に顔を向けた。涙は、一筋一筋、流れていた。彼女の見えない瞳から。

「そうして、彼は、最後の手段に出たの。私は彼を愛していたわ。あなたたちのように眼が見える人と少し感覚がズレていたのかもしれないけど、確かに愛していたの。彼がいない生活なんか考えられなかった。彼もそれがわかっていた。だから」

「まさか」

そんなことを、考える男がいるというのか。

「彼は、自殺したの。私に、この世で最大の悲しみを与えるために。それで、悲しみの歌を作らせるために。私のただひとつの望みを、願いを叶《かな》えさせるために」

言葉が、出なかった。握った彼女の手に力を込めることさえ。

「バラードを謳わせるために」

愛した女のために、その女に最高のインスピレーションを、たとえようもない深い悲しみを与えるために死んだと言うのか。

「私が、彼を殺したも同然よね」

そうして、彼女は。

「君は」

ゆっくりと、頷いた。

「書いたの。あの歌を」

それは、確かに世界中の人々の心を打つ、最高の美しさを持つバラードとなった。

「悲しくて、悲しくて悲しくて悲しくて、彼の後を追おうとしたわ。でも、できなかった。死ねなかった。溢れる悲しみと涙は、こぼれていかないで、そのまま私の歌になったの。この手が」

私の手を握ったまま、彼女は自分の手を上げた。

「その悲しみと涙を握りしめたまま、鍵盤の上を動いていったのよ」

私は、言葉を操《あやつ》り、物語を繰《く》り出す人間だ。だから、言葉の持つ愚《おろ》かさも力も理解している。人と話すときにも、それが気の置けない友人である場合以外は、ゆっくりと言葉を選ぶようにしている。

キーボードで打った言葉はすぐに取り消せるが、口に出した言葉は取り消せない。それを聞いた人の心に刻まれる。

だから、何も言えなかった。どう考えても言葉が出てこなかった。

彼女がゆっくりと微笑んだ。その頬に伝っていた涙は、半ば乾いていた。

「ごめんなさい」

「なにが?」

彼女は私の頬に優しく触れた。

「最初から、あなたにならこの話ができると思っていたの。単なる思い込みかもしれないけど、ああいう物語を紡ぎ出せるあなたになら」

会って話をしているうちに確信したと続けた。

「あなたには、不愉快な思いをさせたかもしれない。ごめんなさい」

彼女の手が頬にあるのをいいことに、声を出さずに頷くだけにした。

「引退して、死のうと思っていた」

望みは叶った。恋人の死と引き換えに、最高のバラードを作り出し歌い、それが広く認められるという、多くの人々の心に届くという願いが叶った。

「だからもういい。彼の元に行こうと、この何ヶ月間かずっと考えていた」

理由を誰かに伝えてから死のうと思ったのは、何故かはわからない。どこかに残っている生への執着心《しゅうちゃく》がそうさせたのかもしれない。そう彼女は言った。

だとしたら、その目的も彼女は果たした。

私に告げたのだから。

「ごめんなさい」

もう一度彼女はそう言った。その謝罪の意味するところを、私は理解した。

頬にあった彼女の手を握った。私に顔を向けて、暗闇の中、さらに深い闇の中に沈む瞳で私を見つめている。その瞳に私は映ってはいない。

考えろ。

彼女にもう生きている意味はない。死を選ぶのは確実だろう。そんなことを許せるのか？　許せるはずがない。人が死を選ぼうとしているのを黙って見過ごせるはずもない。

けれども、何ができる？　この場で止めたところで彼女は頷き、わかったというかもしれない。けれども、私が姿を消せば死んでいくのだろう。私がいくら周りの人間に注意しろと言っても、それを完全に止めることなど誰にもできやしない。彼女を拘束《こうそく》でもしないかぎり。

そんなことをする権利は誰にもない。

彼女は、この苦悩を私に放り投げた。

だから、何度も謝っている。

どうすればいい。

考えろ。

私に、何が言える?

私は、彼女の手から、自分の手を放した。そして、そのまま両の手を彼女の頬に向けた。そっと触れた私の手に少し驚いたような表情を見せた彼女は、けれども次の瞬間には微笑んでくれた。

私は、彼女の顔を挟《はさ》むようにして優しく包み込み、私の顔の方に向けた。見えない瞳に向かって話した。

「時間をくれないか」

「時間？」

「そう」

「なんの時間？」

「君の物語を書く」

「私の？」

もとより、私にできることはそれしかなかった。

「君の物語を書きたい。書かせてほしい。そして、その完成を見届けてほしい。その物語の、最初の読者になってほしい」

彼女の唇が、真一文字に結ばれた。

「それを、本にするんだ。それには、モデルになった君の許可が必要だ。だから、時間がほしい」

彼女は、何も言わなかった。私はそのまま彼女に顔を近づけ、彼女の顔を引き寄せ、額と額をゆっくりと合わせた。

「頼む」

呟いた。何度も、頼む、と彼女に向かって呟いた。

「どれぐらい？」

彼女が囁いた。

「わからない」

それは本当だ。どれぐらいでその物語が書けるかなんて、いつも編集者に言ってるのは大嘘だ。

彼女の手が私の腕に伸びてきて、そっと私たちを引き離すように動いた。逆《さか》らわずに、私たちはまた向かい合った。

「読みたいわ」

彼女が、微笑んで、そう言った。

「どんなタイトルになるのかしら」

一瞬悩んで、答えた。


バラード、と。

笑うライオン

もう大昔のような気がするんだけど、ボーカルのマサヤがメンバー紹介のときにそう言って紹介したんだ。

「ドラムス！〈笑うライオン〉！　崎谷貫太《さきたにかんた》！」

それがウケちゃったらしくてファンの間にもマスコミにも定着しちゃって、今じゃファンは皆〈ライオンさん〉って俺のことを呼ぶ。まぁそのだいぶ前から仲間内では言われていたんだ。「ザキのは髪の毛じゃなくてタテガミだよな」って。

一応きちんとしてステージには上がるんだけどね。でもドラムっていう重労働パートだから、バンドの中ではたぶんいちばん汗をかく。そうするとどんどんどんどん髪の毛がくるくる巻いたりはね上がってきて、いつの間にかそうなっちゃうんだよね。

ライオンのタテガミみたいに。

笑ってるのは、そうだな、あたりまえだけど、楽しくて、嬉しいんだよね。ハイになってる。特にライヴのときにはどんどんどんどんハイになっていくのがわかる。ギターのナルちょんなんかはどんどん眉間《みけん》に皺が寄っていくけどな。あれはあれであいつの豊かな感情表現なんだ。むしろあいつが笑っているときは怖いよ。誰かの調子が悪くて上手くノレなくて怒っているときだからね。

俺は、笑うんだ。

皆と、このメンバーでロックを演《や》ってるのが、オーディエンスが喜んでくれるのが、嬉しくて、楽しくて、笑っちゃうんだ。

ライヴは最高だと思う。これがなくなったら、お客さんの前で皆で演奏できなくなったら、ロックなんてやってる価値がないとまで思えるし、いつまでもこのメンバーで音楽をやっていきたいと考えてる。

〈ディローグ〉というバンドをいちばん愛してるのは、実は俺なんじゃないかな。

俺は、ディローグの〈笑うライオン〉。

百獣の王じゃないか。光栄だ。

それが笑ってるんだから、最高の呼び名。

もちろんスタジオで籠もっているときは別。間違えないように、音に気を使ってるからそんなに笑ってはいないと思う。いやそのつもりなんだけどな。

アマチュアの頃から恒例《こうれい》の、クリスマスをラストデイにするツアーが終われば、それから四週間は休暇。メンバーそれぞれがバラバラになって思い思いに休みを愉《たの》しむんだ。家族がある奴は家族と過ごすし、独身の奴はそれなりに過ごす。そんな歳になったのが信じられないけど、もう三十半ばを過ぎた俺たちが四人一緒に休みを過ごすなんてのは、ここ十年以上ないんじゃないかな。

別に仲が悪いわけじゃないよ。バンドもこれだけ長い間、二十四年になるのかな？　そんなに続くといろんな噂が事実のように流れるけど、音楽界でも珍しいぐらい仲良しバンドだと思う。まぁ仲が良いって言うか、そんなものはもう超越しちゃって空気みたいなもんだからね。

俺たちは、四人全員が幼なじみ。ガキもガキで、保育園の頃からの付き合いだから。ちょうど今の俺の子供たちぐらいのときから。

晶太《しょうた》と晶子《あきこ》。

俺の二人の子供。まだ小学校の三年生と一年生。

古風な名前だろ？　奥さんが晶《あきら》っていうんだ。俺は奥さん大好き人間だからさ。子供が生まれたら絶対晶の名前を使うって決めてたんだ。

「とーちゃん」

「うん？」

「あれやって」

「おっ」

晶太も晶子も大好きな俺の特技。秘義スティック手裏剣《しゅりけん》。

「じゃ、やる前に約束は？」

「ゼッタイにマネしない！」

「よーし」

なんてことはないんだけどさ、たぶん誰にも真似できない。ほらよくドラマーがスティックを頭の上でくるくる回すだろ？　まぁ最近はあんまりやらないかもしれないけど。俺は、あれをやりながらスティックを手裏剣のように飛ばして狙ったところに当てられるんだ。

スツールに座ってスティックを頭の上で回す。もうこれだけで晶太と晶子は大喜びで手を叩く。

「ほいっ！」

タイミングを見計らって、壁に吊《つ》ってある段ボールの的に向けて飛ばす。まるでダーツの矢のようにスティックは真っ直ぐに飛んでいって的の中心に見事に命中する。百発百中さ。晶子なんかきゃーきゃー叫んで飛び上がって喜ぶ。

ただし、お母ちゃんがいるときはできないんだ。壁に跡《あと》がつくからダメっ！ って怒られるから。

「もう一回！」

「だーめ。もうお母ちゃん買い物から帰ってくるよ。お片付けしとかないと怒られるぞ」

しぶしぶ返事をしながら、あたりにぶちまけてあるおもちゃやらなんやらを運び出す。ただし、運んでるんだか違う場所にぶちまけてるんだかわからないけどね。


もう、休暇は終わる。

優しいお父ちゃんは、ミュージシャンの、〈ディローグ〉ドラマー、〈笑うライオン〉のザキに戻る日が来る。ツアーに出ると何日も会えない日が続くことがあるから、淋しいと言えば淋しいけど、逆にメンバーといつも居ることができるからそっちの方は嬉しい。

まだ晶太も晶子も俺のステージを生で観たことはないんだ。テレビに出ているのや、DVDなんかでは観たことはあるんだけど。俺らのライヴはけっこう激しいからね。もう少し大きくなってからって思ってるんだけど、早く観てほしいなって気持ちもある。

なんか、ロックを演ってるミュージシャンが吐く台詞《セリフ》じゃないよねっていうのはわかってるけどさ。

世界中で、家族がもっとも大事だと思う。

俺は、ここに戻ってくるために、外へ出かけてるんだって考えてる。


次のアルバムのための最終のミーティングで四週間ぶりに皆が顔を揃えた。

レコード会社の会議室。これでも契約でレコード会社と繋がってる一社会人だから、こうして真面目に社内で会議をすることもある。最近バンドとしてのアルバムリリースは二年に一枚ぐらいになってるけど、それぞれのソロワークなんかもあるから、基本的には一年に一枚、〈ディローグ〉関係のアルバムは出てるんだ。

今回は、二年ぶりになる予定のオリジナルアルバム。ツアーの合間にこつこつとミーティングや曲作りをして、内容を固めて、そして一度四週間の休暇で冷却期間を置いてそれぞれがそれぞれにじっくり考えてから、このミーティングをするんだ。もういつものパターン。で、スタジオのスケジュールやらなんやらを確認して、いよいよ制作に入っていく。どんなものになるか。いちばん楽しみにしてるのは俺ら全員。

ドアが開いて、最後に会議室に入ってきたのはナルちょん。

「ザキ」

「はよっ」

少し慌《あわ》てたように近寄ってきたから、何だと思って座ったまま見上げた。

「昨日さ」

「うん」

「オフクロから電話があった」

「へぇ？　お母さん元気？」

「それが」

ナルちょんが顔を顰《しか》めた。雑誌を眺めながら煙草ふかしてたモリモーも、コーヒーを口に運んでいたマサヤも何があったというふうに顔を上げたんだ。

「オフクロさん、具合でも悪いのか」

マサヤが心配そうに訊いた。

「俺のじゃなくてさ、ザキの」

ナルちょんが俺を見つめていた。

「オマエのお母さん、倒れたって」

「えっ!?」

思わず椅子から立ち上がった。

「なんで!?」

その、なんで、っていうのは、何が原因で倒れたのかっていうのと、どうしてそれがナルちょんのお母さん経由で知らされるのかっていう二つ同時の疑問。ナルちょんがまぁ座れって言うように椅子を引いて座ったので、つられて座った。

「別に今すぐどうこうじゃないらしいから、大丈夫」

「そうか」

モリモーは俺が言う前にそう言った。

「一緒に町に買い物に行ったんだってさ。デパートまで」

「うん」

頭の中に故郷の町に一軒しかないデパートの様子が浮かんできた。そこの前で路上ライヴをやったこともある。

「で、なんか気分悪くなったらしくて、座り込んじゃって、本人は大丈夫って言ったらしいんだけどうちの母さんが救急車呼んでさ」

そういえばナルちょんのお母さんは元看護婦だったたって思い出した。

「一週間位は検査入院するんだって。すぐにザキに連絡しようとしたらしいんだけど、オマエのお母さんがさ、ほら」

な？　という顔をしてマサヤやモリモーの顔を見た。二人ともあぁ、って感じで頷く。

俺もそうだ。そうか、そうだなって感じで頷いた。

あのオフクロが、気分が悪くなったぐらいで俺を呼ぶはずがないんだ。

そんなことは絶対にありえない。


イイところのボンボン。一言で言ってしまえばそれが俺だ。別に腐《くさ》るぐらいお金持ちってわけでもないけど、まぁそこそこあってしかもオフクロの家系がなんだか麗《うるわ》しい家系でさ。

厳しかった。躾《しつけ》にも勉強にもとにかくなんでもかんでも締めつけが厳しくて、小さい頃は本当にオフクロが怖かった。マサヤもモリモーも俺のオフクロの笑った顔なんか見たことないって言ってる。二人ともオフクロが忌《い》み嫌《きら》う〈頭の悪い学校に通うろくでなし〉だったからね。冗談じゃないって思ってたよ。こんなに良い仲間なのに、どうしてそんなに嫌うんだって何度もケンカした。

俺たちの関係を繋ぎ止めてくれてたのが、ナルちょんだった。小さい頃から頭が良くて委員長みたいなのをずっとやってて、家柄こそ普通だけど親父さんが大学の教授だったから、オフクロは〈自分たちの方の世界の人〉って認識していたからさ。

ナルちょんが、俺をかろうじて仲間と繋いでいてくれたんだ。

音楽の世界にのめり込んだのも、オフクロの支配から逃れたいって気持ちもあったな。

うん、それは間違いなくあった。きっかけは、入り婿《むこ》でただ優しいだけで何の取り柄もなかった親父が、若い頃に吹奏楽で打楽器をやってたってのだったけど。

そんなオフクロだから、ロックなんてのは不良の音楽でしかなくて、許されることじゃなかった。

「どうしてもやりたいというのなら、学業は常にトップでいなさい」

それが条件。だから高校時代は必死だったよ。勉強勉強勉強勉強ドラム勉強勉強で、よく身体と精神がもったなってぐらいの毎日。お陰様でトップクラスを保ちつづけて、皆とバンドを続けることだけは許してもらってたけどね。

大学に入って家を出たときには、きっとこれが刑務所を脱走したときの囚人《しゅうじん》の気持ちじゃないかって思ったよ。俺は自由だッ！　って天に向かって拳《こぶし》を突き上げたくなった。家さえ出てしまえばオフクロの支配は及ばない。何をやっても自由。

オフクロのことなんか知ったことかって。

ラッキーなことに俺たちのバンドは大学時代から人気が出て、メジャーデビューできてどんどん忙しくなって大学なんか行かなくなっちまった。

そうしたら、手紙が来た。

〈このまま何も言ってこないのなら勘当します〉

俺はもう、はいはいどうぞどうぞって感じさ。もう家からの送金などなしでやっていけますので勘当上等ってなもので、それっきりだった。

何年も実家に帰らないで、連絡もしなかった。それでもういいって思っていたんだ。俺は家を捨てた人間として一生生きていくんだと決めていた。

その決意が崩れたのは、親父の死と晶との結婚。

その二つが、偶然にも重なってしまった。

☆

晶と知り合ったのは、彼女が短大にいた頃。俺たちはまだデビューして間もなくて、打ち上げなんかにはけっこう追っかけの子なんかがいてさ。そのファンの女の子の友達とかで晶も来ていた。俺らの音楽を聴いたのはその日が初めてだったって言ってた。

子供が大好きで幼稚園の先生になろうとしていて、どちらかといえば大人しめの女の子。わいわい騒いでいる打ち上げの席でもただニコニコして周りの皆を眺めてるって感じだった。悪く言えば地味な女の子。

そうだね。どっちかって言えば俺もバンドの中では地味なほうだから。ドラムは目立つポジションでもないし。

フロントマンはもちろんルックスも声も抜群のボーカルのマサヤで、作曲をほとんど手掛けるギターのナルちょんはリーダーで、ベースのモリモーは奇抜とも言えるファッションセンスでそれぞれ目立ってた。俺なんかこのタテガミみたいな髪の毛ぐらい。

だからかな。なんか、いつの間にか電話番号を交換していたし、付き合い始めて、皆もそれを喜んでいた。

「あの子、ゼッタイいい子だよ」

マサヤもナルちょんも太鼓判《たいこばん》押してたな。ちゃらちゃらした女が大嫌いなモリモーも晶のことは褒めていた。

皆が祝福して、手作りの式を計画してくれていた結婚式。その結婚式の前に、ちゃんとお父さんお母さんに御挨拶して、許してもらいたいって言ったのは晶。

でも、その前に親父が交通事故で急に。

「晶ちゃん頑張ったんだもんな」

そう。頑張った。葬式への参列はともかくとして、崎谷家の嫁にふさわしくない家柄のお嬢さんに会ってもしょうがないっていうオフクロに、頑張って食い下がって頭を下げた。「どうぞよろしくお願いします」ってさ。

俺は俺でどうせ勘当されてるんだから、崎谷家もなにも関係ないだろうって。

「とにかく、結婚する。いくらあるのかわかんないけど、この家の財産とかそんなものは全部放棄するから。それでいいんだろ？」

そう言った俺を、オフクロはいつもの、あの顔で見つめていた。小さい頃から怖いと思っていた、眉を顰《ひそ》めた顔だ。

それから十年。俺は実家に帰ったことがないし、電話をしたこともない。向こうから連絡が来たこともない。

ただ、子供が生まれたときには晶に言われてハガキを出したんだ。

「絶対、連絡しなきゃダメ」

電話しろ家に行けって言われたけどハガキが精一杯の譲歩《じょうほ》だったな。子供の名前を書いて、生まれましたって。向こうからも、おめでとうというハガキが来て驚いたけどね。でも、それだけだった。お祝いの品も何もなしさ。やっぱりそんなもんだろうってそれ以来何も連絡していない。

でも、最近は、ときどき考えることがある。

子供が出来て初めて親の気持ちがわかるっていうのは、本当だ。

自分の子供を見ていると、親父やオフクロがどんな眼で俺を見ていたかっていうのが、わかってくるんだ。たとえこの先子供が反抗的になって親から離れていったとしても、赤ちゃんの頃の子供を育てるのがどんなに大変なことかって。何不自由なく子供を育てることに、愛情がないはずがないっていうのが、わかった。

育児放棄《ほうき》してたわけじゃない。オフクロはきちっと俺を育ててくれた。

毎日ご飯を作って、躾をして、勉強させて、教えてくれて。

俺のことを、ちゃんと見ててくれたのさ。

だから、オフクロも、少しは俺を愛してくれていたはずだっていうのがね。わかったよ。

ただその愛情表現の仕方はたぶん人それぞれだろうし、愛情が薄くて義務だけで育てるような親がいることも、わかってきた。きっとオフクロはそういう類いの人間なんだなぁって考えた。オフクロが大事だったのは崎谷家を継ぐために頭の良い素行の良い人間を育てるってことだけで、俺のやりたいことなんかどうでもよかったんだろう。

まぁ要するにさ、なんか許せなかったことも、理解はできるようになってきたんだ。あくまでも理解はね。

晶は、いまだにオフクロに許してもらいたがってるけど、俺に気を使って何も言わない。晶太と晶子にもおばあちゃんに会わせてあげたいって言ってるけど。

☆

「もう、いいんじゃないのか？」

隣に座ったナルちょんが言った。マサヤもモリモーも、テーブルの向こうで真面目な顔を俺に向けて頷いてる。

「オマエのお母さんもさ、もう、言葉悪いけどいつ死んじまってもおかしくない年齢なんだぜ？」

「まぁ」

確かにそうだ。何歳になったのか数えてもないけど、もう六十を過ぎているはずだ。実際、モリモーのお父さんは去年ガンで死んでしまった。皆で葬式に行ってきたんだ。

「確かに、なんていうか、愛情表現が苦手な人だったのかもしれないけどさ」

「ハッキリ言えよ。ひどい母親だったって」

皆が苦笑いする。言ってくれたっていいんだ。

「覚えてるだろ？　ナルちょんはまぁともかくとして、モリモーなんか指差されて『悪魔！』とか叫ばれたじゃん」

事実だ。昔っからとんでもないファッションを好んでやっていたモリモーは特に嫌われていたんだ。頷きながら苦笑いした。

「そうだけどよぉ、それもこれも昔のことじゃんかよ。今はオレは別になんとも思ってないぜよ」

「そうだよ」

マサヤが頷いた。

「あの頃、僕のお袋だってモリモーのことは嫌がっていたもん。『あんな汚らしい人は珍しい』って。それが普通だよ」

「今だって知らない人が見たらただのレゲエホームレスにしか見えないもんな」

「オレをネタにするなぁー」

笑いながら、考えていた。行くべきか、行かざるべきか。

「行ってこいよ」

ナルちょんが立ち上がった。

「晶ちゃんと晶太と晶子ちゃん、家族全員連れてさ。帰ってみなよ」

「そうだ」

マサヤだ。

「レコーディングに入っちまったらまた当分動けないぜ」

故郷は、東京から五時間の彼方《かなた》。

「死んじまったら、死に目に会えなかったら後悔するぜぇ？　オレみたいにさー」

モリモーがババンバンと無意味にテーブルを叩いて言う。

「ミーティングは別に今日じゃなくたっていいんだ。ヨッコさんにはオレから言っとくからさ。とっとと行け」

マネージャーのヨッコさんは許してくれるだろうし、プロデューサーの石川《いしかわ》さんは長い付き合いだ。

「わかった」

行こう。帰ろう。

十年ぶりの、かつての我が家に。

眼を疑う、ってのはこのことかと。

自分で見ているものが信じられなくて、何度も眼をつむったし、何度もこすったし、頭を叩いたりもした。

それでもやっぱり、そこにあるものは、変わらなかった。

〈ディローグ〉のポスターが壁に、貼《は》ってある。

〈ディローグ〉のCDとDVDが並んでいる。

〈ディローグ〉の新聞記事やインタビュー記事がスクラップしてある。

そして、晶太と晶子の百日の写真と、七五三の写真が額《がく》に入れられて飾ってある。

ここは、どこだ？　俺と晶の家じゃない。晶の実家じゃない。

俺の実家だ。

オフクロの、部屋だ。

「お母さんね」

晶の声が聞こえてきた。ゆっくり振り返ると、部屋のドアのところに晶が微笑んで立っていた。

「絶対に、あなたには言うなって。私が死んだときには、見つからないように処理してくれって」

「言ってたのか？　お前に？」

晶が頷いた。

「晶太と晶子の写真も、お前が？」

「送っていたの。黙って」

そんな、そんなことって。

「お母さんね、最初は何も言ってこなかったけど、しばらくしてから、ありがとうって、電話があった」

晶が部屋の中に入ってきて、オフクロの鏡台《きょうだい》の下を探っていた。そこから、写真アルバムを取り出した。

「ほら」

開くと、そこには晶太と晶子の写真が並んでいた。生まれたときから今までの写真が、家にあるのと同じぐらいの数の写真が。整理してあった。

「あの子は、あなたは、私を許していないだろうって、言っていた。だから、絶対に言わないでほしいって」

晶が、少しだけ悲しそうに言った。

「俺は」

晶の顔を見た。訊いた。

「バカか？」

微笑んだ。

「そうね」

それから、俺に身体を寄せてきた。

「バカだけど、まだ間に合うわ」

間に合うか。間に合うな。オフクロは、死んだわけじゃない。


でも、間に合わなかったとも言えた。死にはしなかったけど、オフクロは身体が不自由になっちまった。軽い脳梗塞《のうこうそく》があったみたいで、以前みたいに普通に動いたりできなくなっていた。意識はもちろんはっきりしてるけど、ところどころ記憶が怪《あや》しかったり、ちょっとしたことを思い出せなくなっていたところもあった。医者の話ではそれほど深刻な症状ではないってことだったけど。

後悔した。

思いっきり、後悔した。

どうしてもっと早く気づいてやれなかったのかって。そうしたら、オフクロは元気な身体で晶太と晶子と遊べたはずだ。遊園地だって動物園だって行けたはずだ。今からだって行けないことはないけど、あれだけ強情《ごうじょう》で我《が》が強いオフクロだったんだから、自分のそういうのが歯がゆくて仕方ないだろう。孫にはあんまり見せたくないはずだ。

失敗した。心底そう思った。

病院のベッドに横たわって、十年ぶりに顔を見せた自分の息子に、オフクロは「お久しぶりね」と言った。

「ごめん」

それしか、言えなかった。

でも、それだけで充分だった。オフクロは、眼をしばたたかせていた。あのオフクロが、俺の顔を見て、泣きそうになっていたんだ。

決めた。決心した。

「俺、しばらく家に居るから」

オフクロの入院はそんなに長いことない。一週間もすれば退院できる。実家には、誰もいない。

「俺が、家のことをやるよ」

オフクロは、苦笑した。

「あなたに、何ができるんですか。久坂《ひささか》さんが居るのに」

そうだった。実家にはお手伝いさんが居る。俺がまだ家に居た頃からずっと働いてくれている。晶とオフクロを繋げる助けをしてくれたのも久坂さんだって、晶が言っていた。

「それでもさ」

手を握ってやろうかと思ったけど、さすがにそれは恥ずかしかった。

「居るよ。家に」

晶太と晶子は学校があるからずっと居るわけにはいかない。初めてこっちのおばあちゃんと対面させていったん帰って、退院に合わせてまた一緒に来た。二、三日遊んで帰らせる。お父ちゃんが家に居ないのはいつものことだからしばらくは大丈夫だ。

本人たちも喜んでいたよ。なんたって、ここの家はデカィから遊び甲斐《がい》がある。オフクロは、子供たちのために部屋を用意してくれて、「いつでも遊びに来なさい」って優しい声で言ってたさ。それも驚いたけどね。たぶん、初めて聞いた声だよ。あんなに優しい響きなのは。

「すまんな」

晶太と晶子が帰る日に、晶に謝っておいた。

「わがまま言うけどさ。しばらく頼むわ」

晶はくすっと笑って、俺の胸を突いた。

「何言ってるの」

「うん」

「親不孝をした分、ちゃんと親孝行してちょうだい」

「わかった」

別に永遠の別れになるわけじゃない。俺もずっとここに居るわけじゃない。例えば一ヶ月とか、二ヶ月とか、三ヶ月とか。季節が巡るぐらいはオフクロと過ごそうかなって思っていた。晶太と晶子には連休のときとか遊びに来てもらえばいい。淋しがったら俺がいったん帰ってもいい。そう考えていた。

問題は、〈ディローグ〉のアルバムだ。

でも、ナルちょんもマサヤもモリモーも、許してくれた。

「そんなのあたりまえだバカヤロウ」

「気の済むまで親孝行してこい」

「休暇が増えてラッキーさ」

そうやって、言ってくれたんだ。ありがたかった。本当に、本当に心底いい仲間にめぐり合えて良かったたって思っていたんだ。でも、そんな皆に甘えてばかりで済まないなって思っていた。

だから、バチが当たったんだ。きっと。

☆

晶が呆《あき》れていた。そりゃあ、呆れるよな。俺も呆れたよ。自分自身に。

「まぁ、事故だからね。しょうがないけど」

「うん」

「きっと神様が怒ったのよ。勝手ばっかりしていたのに今さらなんだって」

「そうかもな」

いや、本当にそう思ったよ。ちょっと不自由になったオフクロのためにさ、二階から荷物やらなんやらをいろいろ運んでいたんだけど、張りきり過ぎたのかなんなのか、階段の途中でぎっくり腰。そのまま階段を落下。

全治三ヶ月。

いや、お陰様で治るんだけどさ。

「今日ほどあなたを情けないと思ったことはありませんよ」

オフクロにも言われちまった。なんたって、オフクロの面倒を全部見るって実家に帰ってきたのに、自分がベッドから起き上がれなくなっちゃって、久坂さんに面倒を見てもらうどころかオフクロにまで迷惑を掛ける羽目になっちまって。

「でもね」

見舞いに来てくれた晶が言った。

「なに」

「お母さんね、ちょっと嬉しそうだったよ」

「嬉しそう？」

晶が微笑んだ。

「息子が帰ってきて、その世話をできるのが、きっと嬉しいんだよ。きっとお母さん今まで以上に元気になるよ」

私が面倒見なきゃならないって気を張るからって。そんなものかね。そうなのかな。

「だとしたら、これもいい親孝行になったのかな」

「そうだね」

まさしく怪我《けが》の功名《こうみょう》ってやつか。晶太にまで「お父ちゃん、しょうがないねー」って言われたのにはまいったけどな。


それ以上にまいったのはバンドの方だ。

ドラマーが腰をやっちまったんだ。そりゃあ慌てて飛んでくるさ。皆はもちろんマネージャーも事務所の社長も。

起き上がれないので、寝たまま謝ったんだけど。

「本当に、申し訳ない！」

ナルちょんが苦笑してた。

「まぁ、いい親孝行になるんじゃない？」

「俺もそう思った」

「大丈夫なんだろ？　復帰できるんだろ？」

マサヤが言って、エリモーもちょっと心配そうだった。

「大丈夫。まぁしばらくは安静にしてなきゃならないけど、またできるよ」

それは本当だったんだ。座りっ放しのドラマーはけっこう腰にくるんだけど、病院の先生は無理しなきゃ復帰するのは大丈夫と太鼓判を押してくれた。ただ、納得できなかったのは事務所とレコード会社の方。

しばらくしてから、メンバーの皆がまたやってきたんだ。相談があるって。

「シングル？」

「そう。〈cold rain〉」

「あれか」

今度のアルバムに入れて、シングルカット用にって話していた曲だ。ものすごく良い曲で、これは当たるんじゃないかって皆で話していたさ。

「アルバムで出してからシングルに持っていこうと思っていたけどな」

事情はすぐにわかった。俺だってもうこの世界で十年以上飯を喰ってるんだ。

「とりあえず、シングル先行でか。俺抜きでレコーディングして」

ナルちょんが頷いた。

「俺はできないって言ったんだけど、まぁ向こうの言い分もわかるしな。なんだったら、別名義でもいいってさ」

「別名義？」

マサヤが頷いた。

「つまり〈ディローグ・マイナス・ザキ〉の三人組でリリースしてもいいって」

「あぁ」

　んーと考えた。それぞれのソロや別のグループを作って活動しているから、まぁ確かにそれもありって言えばあり。

「でも、俺はイヤなんだ」

　ナルちょんが顰め面をした。

「それぞれのソロ活動は、あくまでもソロだろ？　この四人の中で誰かと誰かがくっついて活動したことなんかないだろ」

　それは確かに。四人とも別のグループで活動することもあるけど、それは本当に一人でだ。例えばマサヤとナルちょんが二人で活動するなんてことはない。今までは。

「だから、どうしてもシングル先行させたいんならさ、あくまでも〈ディローグ〉の名前で。ザキは休養ってことで出したい」

「誰にやってもらう？」

　ドラムだけ打ち込みってわけにもいかない。いやもちろんそれでも充分にできるだろうけど、うちのバンドの空気感として、やっぱり誰かに叩いてもらわないとダメだ。

　俺の代わり。と、なると。

「シュミットかなって」

「うん」

外国人じゃなくてモロ日本人だけどさ。シュミット・飯田《いいだ》。前はバンドでやってたけど、解散してからはスタジオやヘルプでやってる。いいドラマーさ。うちのカラーにも合ってるから、俺が風邪ひいて二、三日休んだときには、ライヴでサポートしてもらうこともあった。

「シュミットなら、いいんじゃないか?」

言うと、ナルちょんも頷いた。

「お前が納得してくれるなら」

「いいさ。俺が悪いんだから。これ以上事務所にも迷惑掛けられないし」

本当にそう思っていたんだ。一曲ぐらい、自分が参加しないシングルが出たところで、なんてことはない。アルバムではあらためて俺が叩くんだし、すぐに復帰するんだし、むしろ外からバンドを眺められる良い機会かもしれないなんて考えた。

「じゃ、いいな?」

「おう」

ゆっくり見物するから、楽しみにしてるぞ、なんて言ってたんだ。

それが。

ダブルミリオン。

人生の皮肉ってやつかね。

〈ディローグ〉最大の、どころか日本音楽史上に残る大ヒットになってしまった。今まで〈ディローグ〉のデの字も知らなかったおじいちゃんおばあちゃんから幼稚園の子供まで皆が歌うメロディ。

歌番組へはもちろんマスコミへの露出も数十倍になって、三人の顔はあっという間に日本全国の方々が知るところになったんだ。

そこに居たのは、ドラムの位置に居たのは、俺じゃなかった。

もちろん正式メンバーじゃないから、たとえば歌番組でも司会の横に並んでいるのはマサヤとナルちょんとモリモーだ。シュミットは顔を出さない。でも歌が始まってしまえば当然ちょこっとは映る。そこに居るのは俺じゃないんだ。

何より、俺が居なくても、曲さえ良ければ、このバンドは成り立つんだ。

なんか、そんなことを考えちまったのさ。

俺じゃなくても、いい。

〈笑うライオン〉は、居なくてもいいんだ。

ナルちょんはことあるごとに、「ドラムのザキが腰を痛めて休んでます」ってコメントしてくれたけど、そんなの誰も気にしないさ。四人だろうが三人だろうが、マサヤが歌っていてナルちょんがギターを弾いてモリモーがベースを弾いていれば、そういう画がテレビで流れていれば、それで〈ディローグ〉なんだ。

それでオッケーなんだ。

晶は、たぶん俺の気持ちがわかったんだろうな。何度も何度も実家にやってきて、励ましてくれた。そして、皮肉なことにオフクロまでもが俺に気を使って〈ディローグ〉の話は一切しなかった。

最初はキツかったけど、一ヶ月が過ぎて二ヶ月が過ぎる頃にはなんかもうどうでもよくなってきた。

こんなもんだったのかなぁって。気が抜けちゃったみたいになってた。毎日毎日、CD聴いたりDVD観たり。大好きなエリック・リューインのDVDなんか良い機会だからって全部揃えて隅から隅まで観たよ。ピアニストでしかも歌も上手くていいんだよねぇ。

ドラムは。

素人《しろうと》さんにとってバンドのドラムなんかは。

はっきり言ってどうでもいい。

誰でもいい。ドラムが屋台骨《やたいぼね》を支えているなんていうのはバンドをやってる人間だけがわかることで、ほとんどの人にとってはただのリズムでしかない。グルーヴがドラムで決まるなんてのも、言ったってどうしようもないことさ。演ってる人間にしかわからない。

コンピュータで鳴らしていたって、人が叩いていたって、どっちでもいいんだ。

バンドの方も俺抜きで小さなライヴとかこなしていた。これだけのヒット曲が出ているのに、何もしないってわけにはいかないからな。それは、よくわかる。わかるから文句も言えないし、そもそも文句を言える立場じゃないからさ。

ナルちょんからもマサヤからもモリモーからもメールや電話はしょっちゅう入ってていた。早く帰ってこいって。もちろん帰ってもドラム叩けないんじゃどうしようもないから、腰が治ってからの話なんだけどさ。

でも、わかったさ。

このままシュミットが代理で叩いていたって、バンドは続けられるんだ。事務所もレコード会社もさっさとアルバムを作りたいはずだ。むしろすぐにでもレコーディング始めて出さなきゃ機を逃すって感じだろう。

言ってこないけど、ナルちょんはリーダーとしてせっつかれているはずだ。俺抜きでいいから、レコーディングを始めてほしい。俺を納得させてほしいってさ。

だから、メールしておいた。

〈一枚ぐらい、俺抜きでアルバム作ったって、どうってことないぜ〉

送信した後に、なんか、涙が出そうだった。


オフクロとは、上手くやっていた。

オフクロは軽い後遺症《こういしょう》こそあるものの、もう二人とも自由に歩き回れるようになったし、普通に生活している分にはなんともない。俺はまだ重い荷物持ったりとか、走ったりとか、もちろんドラムなんか叩けないけどね。リハビリしてくださいって医者は言うけど、なんか、これでいいかなって思ってた。

「そろそろ帰りなさい」

オフクロは、そう言ったんだ。もうお互いに大丈夫なんだし、晶太も晶子も、ときどきこっちには来てるけど淋しがってるだろうって。でも、俺がこっちに居れば晶太も晶子も遊びに来るんだし、オフクロのためにもその方がいいかなって。向こうに帰っちゃうとなかなか実家には来られない。

それに、帰っても、俺はどうしたらいいんだって。

ここに居る分には治療中ってことで、そういう立場の自分でいられるって思っていたんだ。

「もう少し、居るよ」

いいだろ？　と訊くと、静かに頷いていたけどね。ちょっとだけ怖い顔をしたような気がした。

「覚えてますか？」

「何を？」

オフクロは、顰めた顔を緩めて言ったよ。

「あなたがズルをして、学校を休んだ日のこと」

「え？」

「小学校の六年生の夏休みの前の日ですよ」

あぁ。そうだった。思い出した。っていうかそんなこと忘れていた。水泳大会の選手を決める日だった。俺が通っていた小学校は何故かプールが立派で水泳の授業が充実していた。夏休みにクラス対抗で行なうリレーの選手を決める選考会があって、俺はそれに出たくなかった。

泳ぎが上手かったんだ。だから絶対に選手に選ばれると思っていたけど、選ばれると夏休みに練習があって、遊べる時間がなくなるからイヤだったんだ。だから。

「朝からお腹が痛い痛いと言って、何度もおトイレに入っていましたね」

そうだった。それでごまかしたんだ。

「皆に必要とされていたのに、休んだのですよ、あなたは」

「そんなこと、あったな」

オフクロは、俺がまたそれをやってるって言いたいんだろうか。でもさ、オフクロ。違うよ。

俺は、必要とされてないよ。きっと。


事務所からも、そしてメンバーの皆も何も言ってこなかった。ときどきメールは入るけどどうでもいいくだらない話ばっかりで、アルバムの制作を始めたっていうのも、誰も言ってこなかったんだ。気を使ってるのかなって思ってた。

晶が、ひょっこり顔を出したんだ。俺は居間でぼーっとテレビを眺めていたし、オフクロは隣の和室でなんか繕《つくろ》い物をしていた。

「どう?」

「別に」

普通だよ。なんともないよ。

「そっちこそ、どう。晶太と晶子は」

「大丈夫よ。お父ちゃんがいないのはいつものことだし」

まぁそうだ。週末に会うことも多いんだし、ツアーに出てるのとそんなに変わらない。

「まだ、腐ってるの？」

「腐ってなんかいないさ」

そんなんじゃない。ただ、わかっちまっただけさ。そう言うと、晶は溜息をついた。

「これ」

鞄から何か袋を取り出した。中に入っていたのは。

「ＣＤ？」

首を横に振った。

「ＤＶＤ」

「なんの」

いいからって、微笑んだ。

「観て」

なんですかって言いながら、居間のテレビの下のプレーヤーに突っ込んだ。オフクロも何事かと居間にやってきてソファに座った。小さな音がして、再生される。

「おっ」

思わず声が出ちまった。ナルちょんが映っていた。マサヤも、モリモーも、シュミットもいた。ライヴに向かう途中か？

「なんだよ、これ」

「いいから、観てて」

正直、イヤだった。俺がいない〈ディローグ〉のライヴなんか、観たくなかった。でも、観たかった。だってさ。

〈ディローグ〉をいちばん愛しているのは、俺なんだ。

画面が切り替わって、ライヴハウスの中だ。〈クリフ〉っていうハコだ。昔っからよく使っていた。お客さんはいっぱいになっていて、熱気が溢れているのが画面からも伝わってきた。手拍子が始まった。歓声があちこちから飛んだ。じわりと、身体中の細胞が膨らんだような気がしたんだ。

あの感覚。

ライヴを始める前の緊張感。

ナルちょんとマサヤがギターを持って出てきた。モリチーもベースを担いで出てきた。

歓声が一段と大きくなって、会場はどんどんヒートアップしていく。

そして、ドラマーが出てきた。

俺の代わりの、シュミット。

「え？」

シュミットだった。

でも、変なものを、頭に被っていた。

ライオンの、タテガミ。

目を丸くしてる俺に、晶が言った。

「皆で作ったんだって。あなたが帰ってくるまで、これを被ってやるんだって。シュミットさんが言い出したんだそうよ」

自分が代打で参加した曲があんなに売れちまって、ザキは良い思いをしてないだろうってシュミットが言ったそうだ。だから、あくまでも俺は代理で、お前の代わりをしているんだからと。

「さっさと帰ってこいって」

曲が始まる。

シュミットがカウントを取る。ベードラがドスンと響く、ハイハットが鳴る、スネアが弾む。

すぐにわかった。

これは、俺のドラミングだ。シュミットのじゃない。あいつは、俺の真似をしてる。自分を捨てて、とことん俺の真似をしてる。少しツッコミ気味になるところも、ハイハットを流してしまうところも、バラードでは後乗りになりそうでならないところも。

〈ディローグ〉の音だけを、〈ディローグ〉のグルーヴ感だけを、追求している。

「あの方は」

オフクロだ。

「あのドラムの方は、あなたの真似をしていますね」

びっくりした。晶も眼を丸くした。

「わかるのか？　オフクロ！」

くすっ、と笑った。それでまた驚いた。オフクロのそんな顔、笑い顔、見たことなかった。

いや、違う。

知ってる。俺は知ってる。オフクロの笑顔を俺は小さい頃に何度も見ていた。思い出した。

「何度も何度も聴けば、癖みたいなものは誰でもわかります」

そう言って、画面を指差した。シュミットが、ドラムを叩いている。

タテガミが、毛糸かなんかで作ったらしい、ライオンのタテガミが揺れていた。

涙が出そうになってきた。追《お》い討《う》ちを掛けるように晶がまた何かを出してきた。

「晶太も晶子も、遠足で動物園に行ってきたの」

「動物園？」

それでね、と晶は微笑んだ。

「後で、学校で絵を描いたの。楽しかった動物園に居た、大好きな動物の絵を描きましょうって。別に、打ち合わせしたわけでも何でもないのよ？」

晶が差し出したのは、二枚の画用紙。

クレヨンで、絵が描かれている。

二枚とも、ライオンの絵だった。

動物園の、檻《おり》の中にいるライオン。タテガミが立派なライオン。

でも、そのライオンは、両手にドラムのスティックを持っているんだ。スティックを振り上げて、今にもドラムを叩こうとしているみたいに。そして、くるくる回しているみたいに。

　黙って俺たちの話を聞いて、見ていたオフクロの手が伸びてきて、その絵を俺の手から取って、壁の方に歩いた。いつの間に持ち出したのか、画鋲《がびょう》で壁に貼った。ど真ん中に。絵一つ掛かっていない、まっさらな壁に。

　しっかりと見つめなさい、とでも言いたげに。

　そして。

　今度こそ、涙が出てきた。

「笑ってる」

　二頭のライオンは、笑っていた。

　嬉しそうに、楽しそうに。

その夜に歌う

16：30

ジョーは、いつものように午後四時半に店にやって来た。

「今日は、いつもの一日だ」

自分の店のドアの前であえてそう呟いて金色だったこともある真鍮《しんちゅう》の棒状の鍵を取り出した。長い年月繰り返された作業に磨《す》り減った鍵穴に挿《さ》し込んで捻《ひね》り、ドアを開ける。

「いつもと同じなんだぞ」

また同じことを繰り返したが、しかし、確かに今日はいつもと変わりないごくありまえの一日ではあるのだけど、特別な日でもあることを、彼は知っている。

だから、いつもはそんなことをしないのに、入ってすぐに大きく息を吸い込んだ。

いつもの、煙草とアルコールと床のオイルステンと湿気《しけ》った空気が入り交じった、閉じられて半日が過ぎた酒場の匂い。

従業員なら、酒場で長く働く者だったら、そしてその職業に嫌気が差している者ならばいっぺんで気が滅入《めい》ってしまう匂いだ。

あぁ、また今日も長い夜が始まる、と。

だが、ジョーはタフだったし、何よりこの店のオーナーだった。ダウンタウンで生まれて育って、そのままこの街に骨を埋《うず》めようとしている男だ。十七の頃からこの店で働き出し、三十になった年にこの店を買い取り、ただの酒場でしかなかったものを名の通ったピアノ・バーにした男だ。

「窓を、全部開けよう」

ピアノ・バーに窓なぞ必要ない。人は、世間のしがらみや仕事から逃れてここにやってくるのに、世間が覗ける窓なんか余計なものでしかない。

それでも、通りを流れていく車や歩道を歩く人に眼を向ける待ち人もいる。窓を叩く雨つぶに、ガラスを流れる水滴《すいてき》に古き良き日々を思い涙する人もいる。

そのための小さな窓を、ジョーは全部開けた。ドアにもコルクで作ったストッパーを差し込んだ。

「掃除をしよう」

いつもより念入りに。真鍮はレディがそこでパフを叩けるぐらいに磨き上げ、グラスは酒が宙に浮いているかのように見えるぐらい拭き上げ、カウンターは染《し》みついた指の脂《あぶら》とアルコールが木目に馴染んでしまうまで、床はオイルが底に黒く沈むまで。

彼が、エリックが二年ぶりにやってきて、まるでこの店は生まれたての娘みたいじゃないか！　と笑って叫ぶぐらいに。

だが、そう思ってすぐに問いなおす。

「彼は、来るだろうか？」

世慣れた人間ほど、その可能性は低いと思うだろう。愛に関する約束なんてものを腕を広げて信じられるほど、この世は甘いものではない。それほど捨てたものではないことも知ってはいるが、それでも。

たっぷりとした成功の甘き香りに包まれた男が、西に行ってしまってまったく連絡も寄《よ》越《こ》さない男が、今日、約束通りにここに戻ってくると心の底から信じられるほどジョーは楽天的ではないし、若くもなかった。

「でもなぁ」

自嘲《じちょう》するように微笑んだ。自分の手はこうしてモップを握って床を拭いている。

その日を、今日を、ミンディのために特別な日にできるように準備をしている。

「俺もまだまだ甘い」

かつて、ブロードウェイの舞台で自分はスポットライトを浴びられると信じた若い頃のように。

「とんだ甘ちゃんだが」

そういう自分が、自分であることも知っているのだ。だからこそ、この店も続けてこられたんだ。

掃除をしよう。

自分が、エリックが、ミンディが、ブローニィが、エッジが、ベンが、ニーナが、ここに集った皆が、貧しくとも愉快で温かな日々を過ごしたあの頃のように。あの日がまた戻ってくるように。

☆

彼が、エリックがこの店にやってきたのは三年前だった。そろそろネオンのスイッチを入れ店を開けたことを通りに告げようかとジョーがドアの前に立ったときに、向こうからこっちを覗き込んでいた。覗き込んではいたのだけど、その瞳はジョーを見てはいなかった。

ずっと、店の奥。

なんだこいつは、とジョーはドアを開けて言った。

「何か用かい？　それとも客か？」

一見して、貧乏学生かもしくは浮浪者《ふろうしゃ》一歩手前の男か。そんな風情《ふぜい》にジョーは上等な客ではないと判断したが、ただ、その瞳だけは。

瞳だけは、輝いていた。まるでクリスマスを前にした子供のようにきらきらと。

「ピアノを」

「うん？」

ニコッと微笑んで人差し指で店の奥を指差した。

「ピアノを弾かせてもらえないかな。店を開けるまででいいんだけど」

「生憎《あいにく》ともう開けるんだがね」

「あ、じゃあ、最初のお客さんが来るまででもいいから」

まるで、子犬のような瞳だった。浮浪者にいちいち恵みを施《ほどこ》すほど心に余裕がある生活はしていない。けれども、ジョーは芸術に理解がある男だった。かつて自分もその世界で暮らしていたのだ。

ピアノを弾きたい、と訴《うった》える若い男の境遇《きょうぐう》をコンマ何秒かで想像して、溜息をついた。

「着替えられるか？」

「え？」

「お前は臭いよ。その小汚い服を脱いで、うちのワイシャツとベストとスラックスを身に着けられるんなら、弾いてもいい」

　実際、ピアノはただの置物だった。弾ける人間などこの店には居ない。雇《やと》えるほど、金はない。

「喜んで！」

　その言葉通りの満面の笑みで、エリックは叫んだ。

　数分後。着替えてピアノの前に座って両手を鍵盤に置いた若い男を、ジョーは、驚愕で広げた顎《あご》が落ちそうなほど、あんぐりと開けて見つめていた。

「なんだこいつは」

　思わず呟いたその言葉に、店に出勤してきて同じようにその男を見ていたミンディも同意するように大きく頷き、呟いた。

「すごい」

　店の奥のピアノの前では、エリックが笑顔で、その細すぎる身体を思う様に動かしながらピアノを弾き続けていた。

クラシックから、ジャズから、ラグタイムから、ロックンロールまで、この世に弾けない音楽は無いというように弾きまくっていた。音楽にはまったくの素人のミンディが驚嘆しているのだから、ブロードウェイの舞台で多少は音楽をかじったジョーが興奮しないわけはない。

「ねぇ！　ジョー！　彼は、何？　誰？」

激しいピアノの音に負けないように大声でミンディはジョーに訊いた。

「うちのピアニストだ」

「え？」

「たった今決めた。いや、決める」

ジョーは大股《おおまた》でピアノまで歩み寄り、エリックの腕を掴んだ。ピアノの音が突然に途切れて、店に静寂が戻る。

「もう、終わり？」

それまでの生き生きとした表情から、急に情けない顔になったエリックが訊いた。

「いや。名前は？」

「エリック。エリック・リューイン」

「エリック。歌は、唄えるか？」

「歌?」

そうだ、とジョーは頷いた。ピアノをバックにタキシードを着た紳士とドレスの淑女が踊る場じゃない。ここでのピアノには、歌が必要だ。ここに集う未来への希望のかけらさえ見失いかねない連中の、心に光を灯すためには。

「歌えるけど」

「歌ってみろ。待ってろ、今マイクを用意する」

バタバタとマイクスタンドをセッティングし始めるジョーに、エリックは訊いた。

「何の歌を?」

「何でもいい。子守唄でもプレスリーでもゴスペルでも。ほら」

マイクを前にして、ほんの少しエリックは首を傾げ、次の瞬間には手が鍵盤の上を滑り出した。そして、歌い出した。

Georgia, Georgia,
the whole day through
Just an old sweet song keeps
Georgia on my mind

「Georgia on my mind」

ミンディが小さく呟いた。童顔に似合わない、少しだけスモーキーな声質。しかし、張りがある。ビブラートはせつなく響き、豊かな声量はマイクなど必要なしにその声をしっかりと店の隅々にまで届かせた。

「上手い」

ジョーも、呟いた。

そして、宝を見つけた、と思った。

ジョーは現実的な考え方をする男だが、決してペシミストではなかった。いつか、いつの日にか自分にもそういう日が訪れるかもしれないと、腹の底では信じていた。自分の人生において、それが最良の日かもしれないと思う日が。宝物を手に入れたと思える日が。

それが、今日かもしれないと考えた。

エリックは、気持ちの良い若者だった。不幸な生い立ちにも天性の明るさでその人生を僻むことはなく、いくつかの幸運で音楽の才能を見出され、後見人の手で音楽の大学へ進むこともできた。

だが、幸運もそこまでだったようだ。後見人の死と幾人かの無慈悲《むじひ》な関係者の手によって援助は断ち切られて、自分で自分の生活を維持するために働かざるを得なかった。ところが、天与の音楽の才は、社会を生き抜く術と引き換えのようだった。

彼は、働くということに関してはまったくの無力に等しかった。人間関係の駆け引きも、仕事の効率を上げるということにも、何よりお金を稼《かせ》いで自分の生活を維持するというあたりまえの感覚が徹底的に薄かった。優しかった後見人には、彼の音楽の才能しか見えなかったのだろう。音楽から離れたときの彼の人生について何も考えていなかったのだろう。逆に言えば、エリックがそれほどの才能の持ち主だったのだとも言えるのかもしれない。

「今は何やってるんだ」

店を開けるのをしばし遅らせて、ジョーはエリックの話を聞いていた。もちろん、その傍らにはミンディもいた。

「ルドルフホテルの調理場で皿洗いやってます」

「あぁ」

なるほど、とジョーは頷いた。それしかやっていないというのであれば、この街では最低限も最低限。ぎりぎり浮浪者との差は、屋根のある部屋を借りられるか借りられないかというだけだろう。

「じゃあ、うちで皿洗いやってくれ」

「でも」

「むろん、ここじゃ洗う皿なんかたかが知れてる。だから、暇な間はピアノを弾き続けてくれ。もちろん、ピアノ弾きとして給料を支払う」

「いいんですか!?」

エリックの、子犬のような眼が輝いた。ジョーもミンディもその瞳が好ましいと思った。

「ただし、クラシックはなしだ。うちはごらんの通りの酒場だからな」

「はい」

「皆が楽しくなるような、あるいは思い出を懐《なつ》かしく思えるような、あるいは」

「明日への希望を抱けるような曲を弾くんですね?」

エリックが嬉しそうに言った。ジョーも笑顔で頷いた。

「もうひとつは、少なくとも半分は歌ってくれ」

とまどいながら、エリックは頷いた。その様子にジョーは訊いた。

「歌は、イヤか?」

「いえ、そんなことはないです。ただ」

「ただ？」

恥ずかしそうにエリックは微笑んだ。

「自分の歌が、人に喜んでもらえるなんて初めて知ったので」

そうして、エリックの新しい人生が、もちろんジョーにとってもミンディにとっても新しい日々が、始まった。

毎日エリックは朝早くから店にやってきた。ピアノを弾くためにだ。酒場で皆に喜んでもらえるような曲のレパートリーを増やそうと、毎日ラジオを聴き、レコードショップに出掛けて試聴コーナーでレコードを聴き、曲を覚えた。

そして、一度聴いただけでエリックは完璧にその曲を、いや、完璧どころか自分なりのアレンジを施して弾くことができたのだ。亡くなった後見人がその才能に惚れ込んだのを、ジョーはよく理解した。

熱心で、明るく素直。エリックは人に好かれる資質を一二分に備えた若者だった。ただ、ジョーも苦笑せざるを得なかったが、本当に仕事はできなかった。皿洗いも満足にできなかった。

「たぶんね」

ミンディがジョーに言った。

「エリックは、無意識のうちに指をかばっているんじゃないかしら」

「指を？」

何日か経ったある日の開店前のひとときだ。エリックが指慣らしにぽろぽろとメロディをつま弾くのを、二人でカウンターで聴いていたとき。

「見ていて思ったの。決して不器用ってわけじゃないの。丁寧に丁寧に皿を洗うんだけど、皿に神経が行ってないの。自分の指にだけ神経が集中しているように思えるのよ」

なるほど、とジョーは納得した。

「きっと、料理をしても、コインを数えても、グラスを拭いても、全神経が自分の指を守ることにのみ、行ってるんじゃないかしら。無意識のうちに」

「そうなのかもしれないな」

そうしてジョーは、そういうことに気づくミンディはエリックに好意を持っているんだな、と一人微笑んだ。年齢も近い二十代の若者同士。少年のような愛らしさを残したエリックに対し、大人びた雰囲気を持つミンディだが、案外このカップルは上手く行くかもしれないと嬉しくなった。

自分の店で働く者同士が、新しい絆を結んでいくかもしれないという想像は、ジョーの心を温かくした。

17：45

ミンディは、いつものように定時に仕事を終えると、デスクの上を片づけて、制服代わりのカーディガンを脱ぎ、それをきれいに畳んで引き出しの中にしまい込んだ。クリーニングに出すのは一週間に一回。それはまだ三日先だ。

「お先に失礼します」

奥の部屋でまだ何か書き物をしているベネディクト氏に声を掛けると、彼はいつものように左手を上げ、軽く頷く。それがもう四年もの間繰り返されているので、ひとつの儀式のようになっている。そしてこの四年の間、ベネディクト氏がミンディに「今晩食事でもどうだい」と誘ったことは一度もない。

それを、ミンディは快《こころよ》く思っている。ジョークも言わず、たった一人の秘書の誕生日に贈り物のひとつもなく、給料も高いとは決して言えない仕事だが、雇い主としては最高だと思っている。

真面目であることは、一番の美徳なのだ。

事務所のあるビルを出ると、そのまま真っ直ぐに店に出勤した。これも四年の間繰り返されている。

ジョーの店でウェイトレスとして働くことは、最初の目的は故郷に一人で住む病気の母のためのお金を稼ぐ手段だった。小さな会計事務所の秘書の仕事だけでは、とてもそれを賄《まかな》えなかったからだ。

ミンディは運が良いと思っている。本当にささやかな幸運ではあるのだろうが、都会の片隅で生きる若い女性が手に入れることのできる最大限の幸福を、自分は手に入れていると。

ジョーは、酒場の店主であることに誇りを持っている。そして従業員にもそれを持つことを促し、同時に生活に規律を求めている。そんなバーの店主は世界中探しても指で数える程しかいないのではないだろうか。

店で、ミンディに度を越して卑猥《ひわい》な言葉を投げ掛ける男には、ジョーの鉄拳が待っていた。ミンディに恋をした男は、常連たちにジョーを通した方がいいとアドバイスを受けた。

要するに、彼女は守られていたのだ。高潔な意志を持ったバーの店主に、その人生を。

感謝してもしつくせなかった。

「おはよう、ジョー」

「あぁ、おはよう」

もう夜の時間帯になってはいたが、ここでの最初の挨拶はいつでも〈おはよう〉だ。最初は違和感があったけれど、四年間も続けていれば習慣になってしまい、どこでもそれを言い出しそうで注意するぐらいだ。

ミンディもまた、一歩店の中に入るときに、わずかに、ほんの微かに、緊張を覚えた。けれどもそれを打ち消すように、何気ないいつもの様子を装ってジョーに声を掛けた。

「寒くなってきたわね」

「あぁ、そうだな」

十月の半ばを過ぎた。窓を開けていたのか、店の中は新鮮な冷たい空気に満たされている。どうしてこんなに空気が冷たくなるまで窓を開けていたのか。

訊こうとして、ミンディは思いとどまった。

ジョーも、今日が特別な一日であると意識しているのだと気づいたからだ。きっと窓という窓を全部開けて、いつもより念入りに掃除をしたのだろう。せずにはいられなかったんだろう。だから、それを訊いてしまうと、口にしなければならなくなってしまう。

今日が、約束の日だと。

二年間、待っててくれと、彼が言った。

二年後の今日、迎えに来ると。

帰ってきたら、結婚しようと言ったのだ。エリックは、ミンディに。

☆

エリックと初めて会ったあの日を、ミンディはまだ鮮明に覚えていた。ピアノに向かい、一心不乱に弾き続けるその姿に、確かに胸をときめかせたのだ。

言ってみれば、ほとんど一目惚れに近かった。

だからといって、ミンディが積極的にアプローチしたわけではない。彼女は、慎み深い女性だった。この街に出てきてしばらく経ってはいたが、真面目な、大人しい田舎娘の気質は変わっていなかった。

音楽は好きだった。ただしそれは、ラジオから流れてくるような流行歌だ。エリックが弾くような荘厳なクラシックなどにはついぞ縁がなかった。それでも、エリックの才能ははっきりと判ったのだ。

新しく同僚になったこの同年代の男性を、自分のできる範囲でフォローしてやろうと心に決めた。むろんそれは好意を持ったからだが、同時に彼女は優しく世話好きな女性でもあったからだ。まるで慈母《じぼ》のような心根の女性だったからだ。


「ねぇエリック」

「なに？」

「あなたの部屋に行ってもいい？」

エリックが店でピアノを弾き始めてから二週間ほど経った夜。店の後片づけをしながらミンディが言った。エリックもジョーも驚いてミンディの顔を見た。

ジョーは言うまでもないが、エリックだって、童顔でピュアな心の持ち主とはいえ、一人前の男だった。身体にも精神にもどこにも欠陥はなく、若い女性が男性の部屋に行ってもいいか、なんていう言葉の結果がどこに向かうかは想像できた。

ミンディは、くすっ、と笑った。

「そういう顔をすると思った」

「え？」

「誤解しないで。あなたの服とか、要するにそういうものをきちんとしたいの。何もかもきれいにしたいの」

「あぁ」

ジョーもエリックもそれぞれ別の意味でホッとして笑った。ジョーは、あの慎み深いミンディが突然妖婦に変わってしまったのではないことに。エリックは、若い女性に誘われる経験などなかったので、どう答えていいか判らなかったので。

「そりゃあいい。もう靴下一枚からパンツに至るまで、こいつの生活の何もかもを委細《いさい》点検して、ピカピカに磨き上げてやってくれよ」

「了解」

ジョーの言葉に、ミンディはおどけて敬礼をして応えた。


日曜日の昼間にエリックの部屋を訪ねたミンディは、卒倒しそうになった。自分もダウンタウンのオンボロのアパート暮らしだ。周囲がどれだけ寂《さび》れていようが、部屋がどんなに狭くて汚くても大丈夫だと思ってはいたが、その想像を遥《はる》かに超えていたのだ。

床は腐って穴が開き、壁紙は雨漏りで剝《は》がれて全てがたれさがり、トイレから異臭がまるで津浪のように押し寄せていた。

人間の住むところではない、と思った。

「エリック」

「うん」

部屋の真ん中に佇《たたず》むエリックに向かってミンディは言った。

「この部屋にあるもので、絶対に、どうしても必要なものは、なに？　火事になったらそれだけは持って逃げたいものは」

エリックは考えた。

「この革のトランク。僕の後見人になってくれた人に貰ったんだ」

部屋の隅にあったそれは、なるほど確かに上等なものだと思った。一週間ほどの旅行なら充分な大きさがある。

「それから？」

「楽譜」

それは大量に部屋に散らかっていた。まとめれば、小説家が超大作を書き上げた原稿と同じぐらいの量になるだろう。

「それから？」

「あとは、スコアを書く鉛筆と、えーと、まぁ服とか靴とか、それぐらいかな」

訊くまでもなく、部屋にはそれぐらいしかなかったのだ。靴なんて、今履《は》いている穴が開きそうな一足しかない。

「それ全部そのトランクに詰め込んで頂戴《ちょうだい》。ここを出るわよ」

「出るって」

「出るの。ここは、人の住むところじゃないわ。少なくとも、あなたが居て良い場所じゃないと思う」

「すぐに？」

「今、すぐ」

ミンディは、大人しい女性だが、同時に芯《しん》の強い生活力のある女性でもあった。もしこの場に第三者がいてこの二人が恋人同士だと誤解したなら、間違いなくこの若者は尻に敷《し》かれるなと苦笑し、同時に温かい家庭を築くだろうと確信し、グッドラックと言っただろう。

革のトランクに何もかも詰め込んだエリックは、ミンディに引きずられるようにして自分の部屋を後にして、二度とそこに戻ることはなかった。

そうしてミンディは、そのまま以前に自分の部屋を斡旋《あっせん》してくれた信頼できる不動産屋に駆け込んだ。

「ブローニィ」

「やぁ、ミンディ」

不動産屋のブローニィは、ジョーの店の常連だった。それはたまたまの偶然で、ミンディはジョーの店で働く最初の夜に、カウンターに座る部屋を斡旋してくれたブローニィの姿に少し驚いたものだ。

ブローニィは、ジョーとは長い付き合いだった。ハイスクールを出たての頃に街でチンピラに絡まれて、それを助けてくれたのがジョーだったのだ。もちろん、今のジョーの部屋を斡旋したのもブローニィだ。

不動産屋という職業柄、世の中の裏と表の酸《す》いも甘いも噛みしめてきたが、人間が本当にやってはいけないことを知っている善き男だった。

「エリックよ、知ってるでしょ」

「あぁ、もちろん」

つい三日ほど前に店に顔を出して、ものすごいピアニストが入って良かったと喜んでいたのだ。

「彼の部屋を探してほしいの。贅沢は言えないんだけど」

「OK。一人で住むんだね？」

その時に、ミンディは自分でも驚くことを言ってしまったのだ。後から考えても、どうしてそんな風に言ってしまったのか、まるで判らないのだ。

「二人で」

「え?」

「きちんと鍵が掛かるベッドルームが二つある部屋を紹介してほしいの」

結果的に、誰もが、つまりジョーも含めて店の常連たちも、ミンディのとんでもない決断を喜ばしいことだと思った。

エリックは、最初はただ眼を白黒させるばかりだった。けれども、いかにもてきぱきと何もかもを進めていくミンディを見ているうちに、それは虚勢だとわかったのだ。

つまり、自分でもとんでもないことを言ってしまったと判っていて、内心はものすごく慌てているしそんなことをしでかしてしまった自分を恥ずかしく思っているのだけど、今さら後には引けなくてただもう勢いで動いているのだと、理解したのだ。

「じゃあ、次は」

ブローニィのところで部屋を決め、引っ越し業者を手配して、じゃあ次はエリックの生活用品で足りないものを買いに行こうと不動産屋を出て歩き出したミンディの腕を、エリックは摑んだ。

「ミンディ」

突然、腕を摑まれて、ミンディは驚いた。驚いて、そこから、あの素晴らしいピアノを弾く温かく柔らかな手で摑まれたところから、力が抜けていきそうだった。

「なに？」

エリックは、優しく微笑みかけた。

「急がなくて、いいよ」

「どうして、早くしないともう午後四時よ」

摑んだ腕をそっと下ろして、エリックは一歩ミンディに近寄った。

「ゆっくり、しよう」

ミンディは、じっとエリックの眼を見つめていた。

「せっかく、二人で住む家を決めて、これから生活が始まるんだから、ゆっくり、二人で話し合って、いろんなことを決めたい」

また、エリックが近寄り、二人の間にはもう距離はなかった。エリックの顔が静かにミンディの顔に寄っていき、二人の形の良い額《ひたい》が、軽く触れ合った。

二人で、くすっ、と笑い合った。

手続きをひとつ忘れていて、書類を持ってミンディとエリックを追いかけてきたブローニィは、その様子を後ろから、微笑みながら見つめていた。そして自分はお邪魔とばかりに肩を小さく竦め、ニヤニヤしながら店に戻った。

戻ってすぐにジョーに電話して事の次第を説明し、そして、一言付け加えた。

「ベッドルームが二つある部屋ってことだったんだが、家賃が高くなってもったいない。同じアパートのベッドはひとつの部屋に変えちまっていいよな？」

事情を知ったジョーも、電話を切った後に、自然に頬が緩んでしまっていた。

新しい、若き恋人の誕生を、心の底から喜んでいたのだ。

22：30

むろん、まだ宵《よい》の口ではあるが、夜はその終わりの入口に足を踏み入れようとしている。

ジョーの店の閉店時間は深夜零時だ。

常連であるエッジもベンもニーナも、その時間はまだ閉店ではないことを知っている。

そういう雰囲気になればジョーはそれからまだ二時間は腰を落ち着けることを許してくれる。ましてや、明日は日曜日だ。熱心な信者以外なら、誰もが寝坊しても怒られない唯一の日だ。

もう少しいいだろ？　と言えば、ジョーはしょうがない、という顔をして、ネオンの電気は消して自分もカウンターか、もしくはテーブルに座る。

けれども、今夜は違う。特別な日であることを、三人とも知っていた。

約束の日であることを、知っていた。

時計を確認して、ニーナは、夫であるベンの方を見た。ベンもまた時計を見て、親友であるエッジの方を見た。エッジは、他に誰の顔も見られないので肩を竦めて言った。

「溜息をつくには、まだ早い」

それから、年若い友人の、今では信じられないぐらい遠くへ行ってしまった感のある、エリックのことを思った。

帰ってきてくれると信じてはいるが、同時にそれが叶わない可能性の方が高いことも知っている。しかしそれでも、彼を恨むことはするまい、と決めてもいた。

エッジは、刑事だった。ここの常連になってもう二十年になる。つまり、ジョーとはもう二十年来の付き合いになり、もっとも親しい友人だと言っても良い。刑事になんかなってしまうと、何もかも抜きの親友というのは得難《えがた》いものになる、とエッジは感じている。そしてジョーは確かにそういう友人なのだ。お互いに随分歳を取ってしまったことも良く知っている。

大学時代の友人であるベンとニーナが結婚した夜の、三次会の場所もここだった。エッジが離婚した夜に、ベンが一晩付き合ってくれたのももちろんこの店だった。初めて人を撃ってしまった夜に、刑事にあるまじき行動だが前後不覚に酔いつぶれたのもこの店だった。

そういう自分の人生が詰まったこのジョーの店に、若いピアニストがやってきた三年前のことも、もちろんよく覚えているし、良き思い出になっている。

まったくエリックは、このダウンタウンに舞い降りた奇跡の天使のようだったとも思っている。

エリックがピアノマンとしてこの店でピアノを弾き出し、歌い出してからどんどん客層が変わっていった。いや、客が、自分たちで己《おのれ》の生活を変えていったのだ。

彼の歌声は、確かに、聴く人間の心に何かを灯したのだ。

それは希望と呼べるものだったろう。どんな人間の心の中にもそれはあるはずのものだ。どんなに磨り減らされ小さくなり、まるで塩の粒より小さいものだったとしてもそれはあるはずだ。だが、普段の生活でそれに気づき大事に育てていくことは難しい。

エリックの歌が、ピアノが、それをやってくれた。それは間違いなかった。職業柄人間の負の部分ばかり見てしまうエッジでさえ、それを信じる気持ちがどんどん大きくなっていったのだ。

人間は、信じられるはずだ。たとえこの先何十人もの人間に手錠《てじょう》を掛けようと、エッジはそれを忘れることはない。

「だから」

信じていた。裏切られることを恐れずに。

エッジが席を立った。呼び出しが掛かったのだ。ここに居られないのは心残りだがしょうがない。警察の仕事はいつ何時呼び出されるかわからない。

「後で、電話する」

ベンとニーナは、彼に手を振った。エッジが小走りに、ジョーとミンディに声を掛けて店を出ていった。

実は、エリックにオリジナルの歌を作れと言ったのは、エッジだった。エッジも学生時代には自分でギターを弾き、オリジナルの歌を唄っていたからだ。

「どんな曲を?」

そう訊くエリックに、エッジは笑って言った。

「どんなのでもいい。自分の思い出をそのまま歌にしてもいいんだ」

「思い出、ですか」

ためらったエリックの肩を叩いて、エッジは付け加えた。

「いやな思い出しかなかったら、ミンディのことを歌えばいい。それで、素敵なラブソングができあがるんじゃないか？」

ウィンクしたエッジに、エリックは笑って頷いた。

そして、できあがってきた曲を、初めて聴いたのも実はエッジだった。仕事中の昼間にたまたまジョーの店の前を通りかかると、閉まっているはずの店の中からピアノの音が聞こえてきた。そうか、エリックが練習をしているのかと思い、一服ついでに覗いてみようとドアを開けた。

エリックは、扉が開いたことにも気づかずに、ピアノを弾き歌っていた。エッジは煙草に火を点け、そこらの椅子に腰を掛けた。そして、その歌を聴いていた。

ラブソングだった。

自分に訪れた人生最大の幸運は、君だと謳っている。君さえ傍に居てくれたならば、どんな荒海も渡っていけるし、荒野の旅も素晴らしい旅行になると。

人生の喜びを謳う歌詞と、センチメンタルで美しいメロディラインは、素晴らしいものだった。エッジはもちろん音楽の専門家ではないが、素直に感動した。いい曲だと思った。ラジオから流れてきたのなら何度でもラジオ局にリクエストしただろうし、レコードになったのなら買って、間違いなくすり切れるまで聴くだろうと思った。

「すごい」

エリックのボーカルは、素晴らしかった。それまで、スタンダードナンバーを歌うエリックしか知らず、それでも素晴らしいボーカリストであると思ってはいたが、オリジナルを歌うことによって、さらにその良さが理解できた。

彼は、一流になる。

そう確信したのは、この世でエッジがいちばん先だったかもしれない。

エリックは、あっという間にこの界隈《かいわい》の、いやこの街の有名人になっていった。たくさんのオリジナル曲を作り、毎晩ジョーの店でピアノを弾き、歌った。客の盛り上がりによっては二時間も歌いっ放しになり、さながら毎夜のコンサートのようになっていった。

常連客はもちろん、評判を聞きつけてたくさんの客がジョーの店に押しかけてきた。とてもジョーとミンディだけではさばききれなくなり、ベンとニーナが手伝うようになった。

ベンとニーナは帽子店を二人でやっていた。生憎とそれほど忙しくはなく、夫婦二人の暮らしでとんとんの生活を送っていたので、夜のアルバイトはいいお小遣いになった。

むろんいくらエリックが人気者になっても毎晩満員御礼というわけではなかったので、週に二、三回、ジョーとミンディの手に負えなくなったら二ブロック先の店舗兼住宅から駆け付けたのだ。駆け付けるまでもなく、二人で店に客として来ていて、そのまま従業員に早変わりすることも多くあった。

エリックとミンディの若いカップルは、ベンとニーナの夫婦をお手本にしていた。エリックは、二人で暮らすということはどういうことかをベンに訊き、ミンディは料理や主婦としての手ほどきをニーナに受けたのだ。

休みの日には、ジョーとエッジも加えた六人でよく郊外へ出掛けた。ジョーの知人からキャンピングカーを借りて、ピクニックと洒落込むことが多かった。それまでこういう友人との付き合い方を知らなかったエリックは、年長の優しき友人たちを本当に頼もしく思い、兄とも姉とも、そしてもう失ってしまった親とも思い信頼し、そして年長の彼らはその信頼に応えていた。

才能に溢れた若き友人を、本当に心の底から応援していたのだ。

ミンディは、それまで自分はしっかりしたお姉さんのようなタイプだと思っていた。けれどもエリックと恋人になり、甘えることもできる女だったのだと気づかされた。エリックもまた、自分の中に眠っていた騎士道《きしどう》精神とでも言うべきものに気づかされた。

つまり、互いに互いの知らない部分を引き出され、それがまた互いに新たな魅力になり、愛が深まっていくという初めての経験をすることができた。

人と付き合うということは、恋をして愛を知るというのはこういうことなんだと知ることができた。そして、そういうことを感じられる人と出会えた幸運を、本当に感謝していたのだ。

一度だけ、エリックはジョーに相談した。ミンディが母親に用事があって故郷に帰っていた日の夜だ。店が終わり片付けをして、二人でカウンターで一服していたときのこと。

「ねぇ、ジョー」

「なんだ」

「このままずっとここで働くことは、可能なのかな」

ほんの少しだけ不安げな光をその眼に宿らせ、エリックはジョーに訊いた。

「それは」

ジョーは長い経験からそれが何を意味するのかをすぐに察した。

「生活の基盤をここで作りたいということか。ミンディと結婚するということか」

はにかみながらエリックは頷いた。ジョーにとっては願ってもないことだが、それでも、年長者としての意見も忘れなかった。

「エリック」

「はい」

ジョーは微笑みながら言った。

「俺は、一生ここをやり続ける。だから、お前もずっとここに居られる」

エリックの笑顔が輝いたが、ジョーは、だが、と付け加えた。

「お前は、こんなところでくすぶっているような奴じゃない。満足しちゃいけない。才能の翼を持った人間は、その羽ばたきを休めちゃいけないんだ」

もっと遠くへ。その眼を遥か彼方に向けろと言った。ミンディと手を繋ぎ、どこまでも飛んでいけと。それができるようになるまで、いつまででもここに居て構わないと。

ミンディもまた、故郷の町の病院で、エリックのことを話していた。ベッドに横たわり、残念ながらもうそれほど長くはない母親の手を握りながら。

「今度、連れて来るね」

母親はやせ細った腕を伸ばし、ミンディの頬を撫でながら嬉しそうに頷いていた。

「お前にウェディングドレスを着せてあげたかったけど」

母親は、お針子《はりこ》をやっていた。腕の良い女性で、その昔はミンディの父と一緒にテーラードの店を構えていたほどだ。死期が近いことを悟り、今はもうただ遺される娘の幸せだけを願い、神に祈っていた。

「それにしても」

母は悪戯《いたずら》っぽく笑った。

「お前がミュージシャンと一緒になるなんてね」

「本当ね」

二人で可笑しそうに微笑みあった。ハイスクール時代、バンドをやっていた男の子たちをさんざん毛嫌いしていたミンディなのだ。それは決して音楽が嫌いということではなく、ミンディに声を掛けてきた男の子たちがどうしようもなかったというだけなのだが、ミンディの家では音楽をやるような男はろくでなしという認識がしっかりできあがっていた。

「それでも、お前はその人を愛したんだね」

「そうね」

確かに、亡き父に、真摯に真面目にこつこつと生きてきた父親に言わせれば、エリックもまた満足に仕事ひとつもできないろくでなしなのだろう。

人間は、愛したひとりの人に幸せを与えることができればそれで十分な生き物だ。それ以上は必要ない。でも、エリックは違う。たくさんの人に、信じられないぐらいの多くの人に幸せを与えることができるはずの、そういう才能を持った人間だ。

「そういう人は、きっと普通の社会ではろくでなしでしかいられないのよ」

「そうなのかもね」

愛すべき、ろくでなしね。

ミンディと母の間でエリックがそう呼ばれていたのをエリック本人が知ったのは、残念ながら母親の死の間際《まぎわ》だった。娘をよろしくと言い残して彼女はこの世を去り、母と呼べる人ができることを喜んでいたエリックは悲嘆に暮れたが、それもまた、素晴らしい歌を作り上げる原動力になっていった。

いつか、二人が正式に結婚するというのは、皆が思っていたことだ。エリックは、こうしてピアノを弾き、歌を唄って暮らしていければこんなに素敵なことはないと思っていた。愛するミンディと、尊敬するジョーと、気の良いベンとニーナの夫婦、頼りがいのあるエッジ。多くの常連たち。そういう仲間たちに囲まれて一生暮らしていければいいと。

ただ、彼は、確かに芸術家だった。

アーティストだった。

そういう人間は、心の奥底に抑え切れない衝動を常に抱えているものだ。普通の人間とは違う魂を持っているものだ。

もっと、高みへ。

もっと、違うところへ。

ジョーにアドバイスされたことも手伝い、そういう思いは、日に日につのっていった。

そうして、ミンディもそれを感じていたし、もちろんジョーも。

西海岸の方の男達がやってきたのは、そんなある夜だった。エリックが、ジョーの店で歌い出してから一年近くが経とうとしていた。

「レコードデビューを？」

「そうです」

有名な音楽プロデューサーだった。詐欺《さぎ》でもなんでもなく、掛け値なしの本物の大物プロデューサーとレコード会社の御一行だった。これは、後からエッジが職権濫用《しょっけんらんよう》して調べたので間違いなかった。その男はあのデュオを発掘し育てた人間でもあった。世界中の人が愛した奇跡の歌声を持つ男達。S&Kの歌はもちろんエリックも普段から歌っていたのだ。そのプロデューサーが、言ったのだ。

「噂はずっと聞いていました。すごいミュージシャンがこの街にいると」

レコード会社のマネージメントを手掛ける男がセルフレームの眼鏡の奥の瞳を輝かせた。

もちろん、そういう話がそれまでなかったわけではない。地元のラジオ局もテレビ局もそしてレコード会社もエリックに注目はしていた。いろんな話を持ってきていた。ただ、エリックが、その気にならなかったのだ。

エリックにとって、この街で働くというのは、すなわちジョーの店で働くということだった。ジョーの店に出ないで、ミュージシャンとして活動するというのはあり得なかった。ジョーはもちろん皆がエリックのためになるならデビューした方がいいとは思っていたが、同時にここを離れたくないというエリックの思いに安堵《あんど》もしていた。

このまま、皆で小さな幸せを噛みしめていたかったというのも本音であった。

だが、今度の話は違った。ここから遥かに遠く離れた西海岸だ。明るい太陽が降り注ぎ、華《はな》やかな世界が待つ、桁外《けたはず》れのマーケットを持つ場所だ。

エリックの心は揺らいだ。

そして、それをミンディは理解した。

「あなたの歌は、この国の、いいえ、世界中の人たちに届けるべきよ」

プロデューサーも、マネージャーも、それまでエリックがジョーの店で披露してきた曲のほとんどを知っていた。完璧に理解していた。驚くことに、エリックさえ作っていなかった譜面すらも全曲作って持ってきていた。

「聴いてくれませんか」

プロデューサーは、自らピアノを弾いて、エリックの曲を自分なりにアレンジしたものを聴かせた。

それは、その場にいた全員を唸らせた。素晴らしかった。いい素材を一流の料理人が調理するとこうなるのか、と驚嘆させたのだ。ジョーもミンディも、皆がエリックの曲を愛してはいたが、プロデューサーもまたエリックの歌を、才能を愛していたのだ。

エリックの眼の色が変わっていた。


ジョーは、二人にまかせた。

エリックとミンディで話し合ってくれと。

「この店を辞めることは、止めやしない。よく、やってくれた。感謝してる」

エリックの肩を、ジョーはポンと叩いた。若者の歩みを止めることなどしてはいけない。年寄りは、若者の背中を押すのが仕事なのだ。それをジョーはよく判っていた。

ミンディも、賢い女性だった。エリックを愛している。できれば、どこまででもついていきたい。

けれども、二人はまだ夫婦ではなかった。ただの恋人同士だ。ショービジネスの世界がどういうものなのか、おぼろげには理解している。何もできない、ただエリックの傍にいることしかできないミンディが一緒についていくことは、それは負担以外の何ものでもないのだ。

二人は、夜の間中話し合っていた。

エリックは、一緒に来てほしいと訴えた。

「傍にいてほしい」

けれども、ミンディは待っていると伝えた。

「待っていていいのなら、いつまでも」

23：50

閉店の時間が迫っていた。にもかかわらず、ジョーの店にはまだ多くの人間が残っていた。

皆、ここの常連ばかりで、今日は特別な日であることを、人づてにでも聞いていたのだ。

〈エリックが、帰ってくるかもしれない〉

ミンディを迎えに。そして、ジョーの店のピアノの前に座るかもしれないことを。

だが、もう、時間はなかった。この街にエリックが帰ってくるのなら、もう帰ってきていていいはずだった。最終の飛行機はとっくに空港に着いている。そこから列車に乗ったとしても、車に乗ったにしても、この店に着くまでにそんなに時間は掛からない。

だから、もうほとんどの人間が判っていたのだ。

彼は、帰ってこない。

だがしかし、誰もそれを責められはしない。

この二年間で、レコードデビューしたエリックはスーパースターへの階段を昇っていった。

順調だったわけではなかったようだ。その証拠に西に旅立ってからしばらくの間は何の音沙汰もなかった。噂ひとつ聞かなかった。デビュー作となったアルバムは三ヶ月後にジョーの店に届けられ、皆で何度も聴いた。全ての曲がここの皆には馴染みのもので、かつ素晴らしいものだった。誰もがエリックの成功を信じていたが、それは同時にさらに遠くへエリックが行ってしまうことになると思った。

だが、そのアルバムがヒットチャートに上ることはなかった。

連絡もなかった。

誰もが、今日を待たないでエリックから連絡があるかもしれないと思っていた。西部開拓時代ではない。手紙も電報も電話もある。ちょっとした時間に連絡を寄越す方法はいくらでもある。それなのに何の連絡もないというのは、エリックの決意の強さを示すものなのだろうと思っていた。

エリックの話を聞かされたのは、ちょうど一年後だった。ラジオから、あの歌が流れてきた。

エリックが最初に作った、ラブソングだ。ミンディとのことを唄った歌だった。それは、何のきっかけか、あっという間に全米のラジオ局で何度もかけられるようになっていった。

あれよあれよという間に、エリックはスターへの階段を昇って行った。レコードは全世界で発売され、爆発的な売れ行きを示していた。数多くのテレビショーに出演し、彼の顔はもう全世界の人間が知っていた。

ワールドツアーも行なった。どこに行ってもエリックのコンサートチケットはあっという間にソールドアウトになっていた。どこに行くのにも、エリックの傍には屈強なボディガードが必要になっていた。

二年間、待ってほしいとエリックは言ったのだ。

それまでに、自分の確固たる場所を作り、二年後の、ミンディの誕生日に迎えに来ると。エリックはそう言い残して、西へと向かって旅立っていった。

その日が、今夜だった。

店内には、二十人の客が居た。

カウンターの中にはジョーが居た。何も言わずに、グラスを丁寧に真っ白なナプキンで磨いていた。

カウンターの端には、ミンディが立っていた。ここの制服の白いシャツと黒いベストと黒いスラックスを穿《は》いて、カウンターに凭《もた》れかかるようにして立っていた。

カウンターにはベンとニーナが座っていた。既にグラスの中身は空になっていて、ベンは煙草を吹かしていた。ニーナは、頬杖《ほおづえ》をついていた。

その他の常連たちは、それぞれにカウンターやテーブルにつき、努めて何気ない会話と素振りを続けていた。

誕生日の祝いは終わっていた。皆がそれぞれにミンディにお祝いの言葉を掛けて、グラスを掲げた。ジョーは上等のギンガムチェックの柄の傘を贈った。何日か前に強風で傘が壊れたのを知っていたからだ。ベンとニーナは、ニーナが選んできたブラウスを贈った。とても良い品で、それを着ていけばどんな高級なホテルでも門前払いを食うどころか、最敬礼で迎えられるはずだった。残念ながらそれに釣り合うスーツは買えなかったが。

ミンディは、笑顔で皆に一杯奢《おご》った。半分はジョーが持った。

エリックに憧れ、今はここでパートタイムでピアノを弾いている若者たちが、交代で誕生日を祝う曲を奏でた。

そうして、今日は終わろうとしていた。

今夜の、終わりが近づいていていた。

決して、泣くまい、とミンディは決めていた。エリックとの日々は、素晴らしい宝石のように心の中で輝いている。今は世界中の人に愛されているあの人が、私の恋人だったのだと、誇らしく思って生きていこうと思っていた。

そうして、ここを辞めようと思っていた。エリックのお蔭でジョーの店は繁盛《はんじょう》し、アルバイトしたいという若者は大勢来ていた。元々、母の治療費を稼ぐためにしていたアルバイト。その母もいない今は、エリックを待たなくてもいい明日からは、ここで働く必要もない。時々客としてやってきて、ジョーやベンやニーナ、エッジたちと楽しく時を過ごす場所にすればいい。

そう思っていた。

そうして、その時がやってきた。

時計が、今日の終わりを告げた。

最初に動いたのは、ミンディだった。

「終わりね？　ジョー」

ジョーは、少しだけ息を吐いてから答えた。

「あぁ、終わりにしよう」

その言葉を聞いて、店のあちこちで溜息が流れた。ガタガタと、椅子から立ちあがる音が響き出したその瞬間、電話のベルが鳴った。

ジョーが、慌てて受話器を取った。誰もが息を呑んでそのまま動きを止め、ジョーを見つめた。

「はい。あぁ、なんだエッジか」

今度こそ、はっきりとした落胆の溜息が盛大に流れてきたが、その溜息を打ち消すようにジョーの声が響いた。

「なに？　よく聞こえないが？」

（ラジオをつけろ！　今すぐにだ！　急げ！）

「ラジオ？　ラジオをつけるのか？」

ジョーの目線に、ラジオの近くに居た常連の一人がスイッチを入れた。

（ブルーブルーだ！）

「ブルーブルーね」

それは、この街から遠く離れた空港のある街のラジオ局の愛称だ。チューニングする音が店の中に鳴り響いた。

そうして、チューニングが合い、そこから声が聴こえてきた。

『聴いててくれよ！　誰でもいいから、ジョーの店に電話してくれ！　あ、もう誰かがしているのか？　話し中だな。とにかくすぐに〈ブルーブルー〉にチューニングしろって伝えてくれ！　近所の奴は伝えに走ってくれ！』

興奮したＤＪが、この店の名を叫んでいるのに皆が驚き、顔を見合わせた。

『いいか？　繋がったか？　よし』

　ＤＪの声に続いて、急に音声が悪くなった。どこか遥か彼方からの電話の受話器に、直接マイクを当てているような声だ。

『聞こえる？　聞こえるんだね？　いいや、とにかく誰かこれを聞いたら、ジョーの店に伝えてくれ』

　驚きの声が上がりそうになり、誰もが慌てて口を押さえた。

　これは。

　この声は。

　店の中に居る誰もが、飛び上がりそうな心臓を押さえて、耳を澄ませた。

『飛行機が故障で遅れてしまったんだ！　今、ようやくそこの上空に差しかかっているんだ！　あと、十分かそこらで着陸する！　これは、パイロットに頼んで特別に無線電話を借りているんだ！』

　エリックの、声だった。

　ミンディが、立ち上がって口を押さえた。その瞳から、涙が溢れ出した。ニーナが彼女に駆け寄って、抱きしめた。

　通りの方から足音が響いてきた。ドアが乱暴に開けられて、何人かの顔見知りが飛び込んできたが、店の様子にすぐに悟って何も言わなかった。

『ミンディ！　帰ってきたよ！　すぐに飛んでいくから、待っててくれ！　ジョー！　頼むから今日は朝まで店を閉めないでくれ！　お願いだ！』

歓声が、響き渡った。

店中に喜びの声が溢れ返った。

まだ電話を切っていなかったエッジの耳にも、痛いぐらいに響いてきて、笑いながらさっさと仕事を片づけて駆けつけようと受話器を置いた。

ジョーとベンはカウンター越しに抱き合った。ミンディとニーナはただただ喜びの涙を流していた。誰かが勝手にビールサーバーからグラスにビールを注いだ。

「誰も帰るなよ！　あいつがそこに姿を現すまで、飲み続けろ！」

店の入口を指差して叫んだジョーの言葉に、誰もが大声で、おう！　と答えた。

皆が、ただ、笑顔だった。

明日を笑え

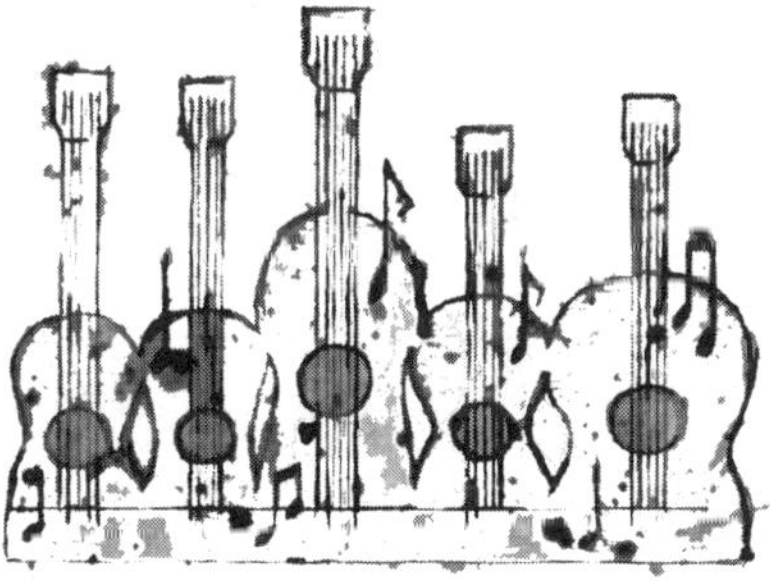

「無理だろ！　無理無理無理無理。できねぇよ！」

思いっきり手を振ったさ。桜《さくら》さんの眼の前で、この長い顔をつきだして、長い腕を思いっきり振り回したよ。

「で・き・ま・せ・ん」

いくらマネージャーのいうことでも聞けることと聞けないことがあるんだよ。

「そんなこと言わないでさぁ山《やま》さん」

「桜さんの頼みでもな、できねぇもんはできねぇよ。かんべんしてくれよ」

おれの横にずらっと並んだ他のメンバーも、うんうんって大きく頷いていた。トムも、村《むら》ちゃんも、レーちゃんも、ハッシーも。

「だってさぁ、桜さん」

「うん」

「おれたちさ、ハワイアンのバンドだよ？　いっくらロカビリーが流行ってるからって、おれたちのレパートリーにロカビリーなんてねぇしさぁ」

「そこはそれ」

ニカッと笑ったよ。大体桜さんがこういう笑いをするときの話にはろくなこたぁついてまわらないんだ。

「ロカビリーなんかスリーコードでできるじゃないか。どうせ一晩だけのしかもワンステージなんだからさぁ。大丈夫大丈夫」

「いやそういう問題じゃなくてさ。基地でしょ？」

「そう、米軍キャンプ」

「そこがさぁ」

「ギャラはものすごくいいんだって！　本当にホントもう破格中の破格。この首に懸《か》けて誓《ちか》う！」

バーン！　とテーブルを叩くと立ち上がって、よろしくよろしくって手を振ってさっさと消えちまった。後で車で迎えに来るからねーってなんだよそりゃ。待て待てって言う間もないさ。

あぁ行っちまった。全員で盛大《せいだい》に溜息をついた。

「ロカビリーかぁ」

村ちゃんが唸った。

レーちゃんとハッシーが同時に言って溜息をついた。

「まぁ、でも、なんとかなるでしょう」

トムがパンパンと手を叩いた。

「有名な曲なら皆知ってるんだしぃ。ヨッパライの米兵相手でしょ？　ガンガンデカイ音鳴らしていりゃわからないですって」

「いや、トム」

トムはまだ若いからな。おれより八歳も年下だ。

「お前、米軍キャンプのステージに立ったことねぇだろ」

「ないですよ」

「村ちゃんはあるよな」

「あるある」

「じゃあ、判るよな、あいつらがどんだけ騒ぐかよぉ」

村ちゃんが太い眉毛をぐにゃりと曲げて、腕を組んだ。

「そうだよなぁ。とにかくあいつらはせっかくの土曜の夜のステージなんだから、思いっきり楽しまなきゃソンって感じだからよ。それでステージが面白くねぇと何されるかわかんないよな」

「だろう？」

そうなんだよ。それがいちばん心配なんだよ。

「おれたちはさぁ、自分で言うのもなんだけどヘタじゃん」

ハッシーがうんうんと頷いた。おまえのギターがいちばんヘタなんだよと思ったけど言わなかった。

「ヘタなくせに得意でもないロカビリーをさ。ロカビリーっておまえ、奴らにしてみりゃ日本人の演歌みたいなもんだよ。やつらの心の歌みたいなもんだよ。それを適当に演奏したなんて思われてみろ。生きて帰れるかどうかわかんねぇんだぞ」

「実際に拳銃《けんじゅう》で撃たれた奴だっているって噂もあるよな」

村ちゃんが言うとトムもハッシーもビビった。

「本当に？　嘘でしょ？」

本当だ。ただしそりゃ兵隊の奥さんを寝取ったバンドマンの話らしいけどな。

「でも」

レーちゃんだ。丸顔を心配そうに傾けて言った。

「ギャラ、いいんだよね？」

全員黙り込んだ。そうなんだ。いいんだ。ただでさえ米軍キャンプでのステージは相当にギャラがいい。ヘタすりゃ一ヶ月はクラブのハコバンを休んでもいいぐらいワンステージで貰える。桜さんもああいってたんだから、普通よりも相当にいいんだろう。だからこの話を持ってきたんだろうけど。

「オレ、もうすぐ二人目生まれるんだよね」

「あぁ」

そうだった。子煩悩《こぼんのう》のレーちゃん。そんだけ子煩悩だったら子供のためにもっと働けって思うんだけど、バンドでいちばん動かねぇのがレーちゃんだ。直立不動でクソ面白くないウクレレをただ弾いてる。まぁハワイアンやっててあんまりバタバタ動くのも変だけどな。

「金は欲しいなぁ」

うん、と皆が頷いた。そうだよな、欲しいな、欲しいよ。

「金だよなぁ」

プロのミュージシャンになったって言っても、小さなクラブのハコバンやって、あちこちに顔出して地方回って営業してそれで家族喰わすのが精一杯の毎日さ。喰わせられなくて前借りだって随分溜まっている。独身のトムやハッシーはまぁそこそこやってけるだろうけど家族持ちは辛い。

「そうだな」

　やるしかねぇか。そう言うと村ちゃんも頷いた。でも、ロカビリーなら普段使ってるアコースティックギターやスティールギターやウクレレじゃどうにもならない。

「レーちゃん、エレキギターは持ってるよな」

「あるある」

「ハッシーも」

「ありますよぉ。質屋《しちや》に」

　質屋かよ。

「でも大丈夫。馴染みのところだから、ギャラ貰ったらすぐに引き取るからって借りてこれますよ」

「エレキベースはおれ持ってるし」

「うんうん」

「やるか」

　やりますかね、と村ちゃんも頷いた。リーダーのおれより年上のくせに、おれの指示がないと絶対自分からは動かないピアニスト。

「でもな」

考えた。考えなきゃならないんだ。こんな売れないバンドでも一応リーダーだからな。

「どう甘く見積もったって、おれらの下手くそなロカビリーでキャンプの連中が満足するとは思えねぇんだよ」

「うん」

全員が頷いた。

「だからさ」

「うん」

また全員で頷いた。

「イッパツ、いや二発も三発もかますすか」

トムが真ん丸い眼をもっと丸くした。

「どういうことですか？」

「いっつもさ、ステージの終わりでギャグイッパツかましてお客さん笑わせて帰るじゃないか」

「あぁ」

そうなんだ。こう言っちゃ自分たちが悲しくなるが、演奏はヘタだし、さらに言えばおれたちの中にイイ男は一人もいない。

でくのぼうみたいにでかかったり、チビだったりデブだったり、銀行員みたいだったり要するに見栄えのしないバンドだ。あんまりにも地味だからバンド仲間内では〈ジミー5〉って呼ばれてるぐらいだ。いや、本当のバンド名は〈デュークス〉っていうんだよ？おれの大好きなデューク・エリントンからつけたんだ。いや要するに、おれたちのバンドは売りってもんが少ないんだ。少ないんじゃないな。

ないんだ。ハッキリ言って。よくまぁ今までちゃんと仕事取ってこれたと思うけど、それは桜さんの腕なんだ。桜さんはいつかきっとおれたちで一稼ぎできるって、辛抱《しんぼう》強くおれたちのマネージャーをやってくれてる。

だから、せめてそういうギャグでもやって目立とうってやってきた。

「そのギャグをよ。がんがんぶちかましてやろうぜ。奴らの好きそうなスラップスティックみたいなコメディみたいなそういうのをよ」

「演奏はどうするんですか？」

きょとんとしながらトムが訊いた。

「バカ、演奏はやるよ。やるけど、所詮《しょせん》は付け焼き刃でどうしようもねぇから、ギャグをしっかりやって笑わせてそれでごまかすんだよ」

えー、って村ちゃんやハッシーが騒いだけど、これはもう決まり。

「大体やつらはギャグが好きなんだよ。ジョークが三度の飯より好きって連中なんだ。そこさえ決めれば演奏が多少ヘタでも笑って許してくれるさ」

「本当ですか？」

　ハッシーが訊いて、いやおれも多少不安には思うがしょうがねぇ。ここでおれがビビっちゃ何にもならない。

「決定！　さぁ、ギャグ練《ね》るぞ。時間ねぇんだ。皆アイデア出せ！」

　ぶつぶつ不満を言いながらも考えたさ。

　おれたちだって一応はミュージシャンだ。そりゃあ音楽だけで勝負できるもんなら勝負したいけどどうしようもない場合もある。

　それに、ミュージシャンなんて気どったって、言ってみりゃ芸人だ。芸を磨いてそれを見せて人に喜んでもらうのが商売なんだ。芸人だったら、ステージを見にやって来たお客さんにはとことん満足して楽しんでもらいたいじゃないか。そのためなら、なんでもやるさ。

「シンバルをさ、皿回しみたいに回すのはどうですか？」

トムが言った。

「そんなことできんのか」

「いや、できませんけど」

「できねぇこと言うんじゃないよ」

「回せなくてもさ、頭にかぶりゃいいじゃん」

村ちゃんだ。

「かぶってどうすんだよ」

「それを叩くんだよ。ジャーン！　って。で、かぶった奴が大げさな動きでもすりゃ笑い取れねぇかな」

「いいな、それ」

「え、ちょっと待ってくださいよ」

ハッシーが慌てたように手を上げた。

「トムがドラムだから当然シンバルかぶるのはトムですよね？」

「トムがかぶったら誰が叩くんだよ。スティック持ってンのはトムだぞ」

「じゃ、シンバルかぶるのは誰」

ハッシー以外の眼がハッシーに向かった。

「いやいやいやぁ、痛いでしょそれ！」

「決定！」

「あのエリック・リューインの曲をさ、ピアノで、こう恰好《かっこう》良く弾くんだよ。途中で端から端までずらずらずらーって恰好良くオカズ入れるんだよ」

なんだか村ちゃんが嬉しそうに言った。

「おう、それで？」

「それでよ、端まで行ったらそのまま飛び出しちまってコケるのはどうよ？」

「おもしろいかなぁ」

レーちゃんが言って、じゃあさって続けた。

「その飛び出して音が途切れた瞬間に全員演奏止めて、村さんがコケるのを真面目な顔でじーっと見てるってのはどう？」

「お、いいね！」

「あ！　それで村さんが慌てて座ってまた弾き出したらなに喰わぬ顔で演奏続けるんですよ！　それを三回繰り返すの！」

「決定！」

正直ごまかされてくれるかなって心配にはなっていたけどな。でもまぁいざとなりゃケツまくって逃げりゃいいさって考えていたのさ。どうせいつものバンドが出られないからって回ってきた代理のステージ。適当にトンズラこいたって誰も怒りゃしない。桜さんには迷惑掛けちまうが、あの人は逃げるのが上手いから大丈夫だ。

でもさ。

でもよ。

ウケちまった。ウケもウケの人ウケ。

大爆笑の嵐。

最初の一曲でギャグを頭と真ん中とオチに持ってきたら、もうそれで拍手と喝采《かっさい》の指笛の嵐さ。きっとあの夜の米軍キャンプに居たアメリカ兵は全員やってきたに違いないさ。兵舎が震えるほどの大爆笑だ。

そういうバンドだってのがわかると、もう誰もおれたちにまともな演奏なんか期待しなかった。次の曲ではこいつらどんなバカなことをしでかすのかっていう眼で見る。曲なんかどうでもいいのさ。そうなるとこっちもノルってもんだ。

普段は大人しいトムがアドリブでドラムを太鼓に見立てて祭囃子《まつりばやし》を奏でる。

滅多に動かねぇレーちゃんが、太鼓腹《たいこばら》振り回して激しいフラダンスを踊る。むっつり顔の村ちゃんが、知ってる英単語を思いっきり日本語の発音で連発する。くそ面白くない真面目顔のハッシーがギターを抱えた直立不動のまま倒れる。

もう何をやっても集まった米兵は大爆笑だ。ミュージシャンになるって言って家を飛びだして五年が過ぎちまっていたけど、あんなに嬉しかったステージはなかったな。いや、本当にさ。芸人冥利に尽きるってもんだ。

いやまぁ一応ミュージシャンなんだけどさ。

*

考えてみりゃ、おれは昔っから〈芸〉が好きだったんだ。

うちの親父ってのは足袋《たび》の職人でさ、腕は良かったんだ。良かったんだけど、どうにも愛想ってもんがない人でさ。自分で店を構えるところまではいけなかったんだな。かといって誰かに雇われるのを良しとしないっていう頑固な人さ。

だから、御贔屓《ごひいき》さんから注文を取って、借家の長屋の部屋の中で自分一人で足袋を作っていた。それをおれは毎日見ていたんだ。

注文の品を届けるときには、おれも毎日ついていった。届け先は落語家とか歌舞伎《かぶき》役者さんとか舞妓《まいこ》さんのところさ。顔を出すとさ、「おぉ坊、良く来たな」って可愛がってもらって、絶対自分の家じゃ買ってもらえないような美味いお菓子を貰えるんだ。

それで、納品が終わればその後はさらにお楽しみだ。落語を聞いたり、歌舞伎を見たり、お座敷の隅っこで踊りを見たり。

憧《あこが》れたもんさ。華やかな芸事の世界にね。芸人ってのは、皆を喜ばせて楽しませてお金を貰って生きている。こんな良い仕事は他にないいんじゃないかって、思っていたんだな。

だからって芸人になろうなんて考えていたわけじゃない。なにせ戦争ってもんがあった。親父は兵隊にとられていっちまったけど、おれ自身は空襲でも死なずに済んで良かったなぁって思っていたら、親父も生きて帰ってきてやっぱり運が良いんだなぁって。

そんな時代だ。

親父が生きて帰ってきた頃には中学を卒業するような年になっていたから、足袋を作るのを手伝うようになったけど、それじゃ食えねぇからって知り合いの町工場に住み込みで働きに出された。

そんなんでも、やっぱり小さい頃に芸事の世界を見ていたもんだから、映画とか音楽とかに魅《ひ》かれていったんだよな。中でもミュージカルやコメディやそういう賑やかなものが好きだった。アボット&コステロなんか死ぬほど笑ったな。

それで、工場で働いていた仲間とバンド作って、音楽なんか始めちまった。まぁそれが運の尽きだったのかもな。そういう世界に足を踏み入れちまったんだから。

＊

「山さん山さん！」

あのキャンプのステージから一週間ぐらい経った日だ。今日も今日とておれたち〈デュークス〉は、クラブでハワイアンやって、明日から始まる一ヶ月間の地方のキャバレー回りに備えて、クラブの楽屋で準備してた。

準備たって、まぁ楽器揃えてワゴン車に積み込んであとは明日の出発の前に家族持ちは家に帰ってかみさんの機嫌を取るためにイッパツやって、独身組は地方のねーちゃんとイッパツやるために今夜は我慢して酒だけで寝ようって話しているぐらいだ。そんなもんだ。そんなところに、桜さんがまた飛び込んできた。

「なんだい、また慌てて」

桜さんとの付き合いも長いけどさ、本当にこの人はいっつもあたふたしてるんだよな。

もう少し年相応に落ち着いてくれって思うんだけどさ。

「慌てるさぁ、さっさまでオレ、飯食ってたんだけどさ」

「あぁそうかい。おれはこれからだよ。腹減ってるんだからさ。手短にしてくれよ」

レーちゃんと村ちゃんはとっくに帰っていた。残っていたのはおれと、おれにおごってもらおうと待ってたトムとハッシーだ。こいつらはいっつもおれにたかりやがる。まぁリーダーとしてギャラを多く貰ってるからしょうがないんだけどな。

「手短にできないよ！」

またなにこいてるんだか、と桜さんの顔を見てちょっと驚いた。眼が真剣だ。こんな真面目な顔の桜さんなんか今まで見たことねぇよ。

トムとハッシーと顔を見合わせたら、二人ともおんなじように軽く頷いた。二人ともそう感じていたんだな。

「まぁ座りなさいよ桜さん」

「もちろん座るさ。トムもハッシーも座って話聞いてよ」

二人が黙ってそうした。桜さんは、こほん、と一度咳払《せきばら》いした。

「あのね、明日からのキャバレー回り、中止」

「なんだよぉ」

そんなことかよ。思わずおれはソファの背に凭れちまった。

「そんなことで騒がないでくれよ」

いや、騒ぐけどさ。そりゃあ仕事がなくなっちまったら騒ぐけど。まぁよくあるっちゃあよくあるんだから。

「大げさだって」

「そうじゃなくて」

「何が」

「新しい仕事が入るからそっちを優先させるの」

「へぇ」

思わず身を乗り出した。トムもハッシーも顔を綻《ほころ》ばせた。新しい仕事が入って、キャバレー回りをキャンセルするってことは、よっぽどそっちの方の実入りがいいってことだ。

「なんだいなんだい。また米軍キャンプは勘弁してくれよ」

冗談言いながらもついおれのほっぺたも緩んできた。そろそろ季節は秋だ。今年の冬のコートでも新調できるかなって思ったさ。

「テレビ」

「テレビ？」

思わず三人で振り返って部屋の隅にあるおんぼろテレビを見た。

「テレビがどうかしたかい」

「テレビに出るんだよ！」

「誰が」

桜さんがガバッと立ち上がってブワッと腕を大きく拡げた。

「〈デュークス〉がだよ！〈デュークス〉の番組が持てるんだよ！　山さんたちがメイン張って、番組ひとつやるんだよ！」

「なにぃ!!」


まったく神さまってのはどういう運命を用意するもんかなって思ったよ。

あの米軍キャンプでの一回きりの〈デュークス〉のステージを、たまたまキャンプの知り合いの家に遊びに来ていたテレビ局のプロデューサーが見ていたんだとさ。

桜さんが言うには、そのプロデューサー、『ピンと来た』そうだ。こいつらは、売れる。テレビ向きの芸人になれるってさ。

さぁそれからは大騒ぎだ。次の日にメンバー五人揃ってテレビ局に行って、新谷《しんたに》ってぇプロデューサーと会った。開口一番言ったもんだ。

「さぁオレと一緒に人生捨てようぜ」

気に入ったね。おれはこの新谷さんを気に入っちまった。

でも、問題もあったんだ。そうやって取りあえず顔つなぎして、詳しい打ち合わせはまた明日ってことでテレビ局を出たその帰りだ。メンバー全員でガード下の居酒屋に行って、景気づけをしてたときだ。


「しかしよぉ」

村ちゃんだ。

「要はよ、コメディ番組だろ？　あの新谷って野郎は『新しいエンターテインメントを作ろう！』なんてぶちかましていたけどよ。結局のところは俺らを芸人扱いっていうか、ミュージシャンじゃなくてコメディアンに仕立てようってんだろ？」

くいっとビールを飲んだ。酒癖《さけぐせ》は悪くねぇんだけど、理屈っぽくなるのが欠点だ。

「俺はよ。そりゃあまともにピアノも弾けないピアニストだけどよ」

「練習してよ村さん」

「うるせぇよハッシー。お前に言われたくねぇ」

まぁまぁと取りなした。こういうのは、おれの役目なんだよな。

「で、何が言いたいんだ村ちゃん。テレビに出るのに反対なのか？」

「反対じゃねぇよ」

またくいっとビールを飲んだ。

「反対じゃねぇけどさ。なぁ山さんよ」

「おいよ」

「〈デュークス〉を結成してさ、もう三年経ったよな。俺はこんなに長続きしたバンドは初めてだよ」

トムもレーちゃんもハッシーも頷いた。そうだよな。ある意味じゃ吹きだまりみたいなバンドだったもんな。あちこちでやったけど結局合わなくてさ、流れものの、それこそ漂流者が集まったようなバンドだ。

「確かに、おれたちのミュージシャンとしてのレベルは低いよ。やってるハワイアンにも未来はないかもしれないよ。でもよ、俺は、楽しかったぜ。この面子《メンツ》でさ、ふわぁんってハワイアン演っててよ、聴いてる人たちが見たこともねぇ天国みたいなワイハを夢見てさ、幸せそうな顔をしてるのをステージから見てるのは」

言葉を切って、手にしてたグラスをゆっくりと置いた。置いて、微笑んだ。

「楽しかったんだよ。幸せだったんだよ。今までずっと」

しんみりしちまった。レーちゃんもハッシーもトムも頷いた。頷きながら苦笑いしたり、ニコニコしたり。そうなんだよな。

「あぁ」

おれもだよ。

「楽しいよな」

ハワイアン聴いて泣く奴なんかいねぇ。皆が皆身体をゆっくり揺らせてさ。南国の空気を想像して、にこにこしてんだ。憧れのハワイ。夢のような島のハワイ。一生掛かっても行けないかもしれないけど、ここでそこの天国みたいな音楽の、ハワイアンを聴くことはできる。

そういう音楽がさ、好きなんだよな。同意の印に、村ちゃんの肩を叩いた。村ちゃんもさ、ちょっと眼を潤ませてたよ。こいつは顔の割に涙もろいんだよな。

「ロカビリーが悪いとは言わん。テレビに出るのだって食ってくためなら大歓迎だ。でもよ。あのキャンプのときみたいな、音楽をお飾りに使って、笑いを取るだけ取って、そういうステージをやるってことは、今までの幸せな時間を捨てるってことだよな。ミュージシャンとしての未来を一旦捨てるってことだよな」

捨てるか。そうか。正直そこまではっきりと考えてはいなかったから、思わず渋い顔をしちまった。

「覚悟をよ。そういう覚悟が、全員でできるかってことをよ。ちゃあんと確認しなきゃならないんじゃないかと思ってよ」

へっ、と笑ってまたビールを呷った。

「喋りすぎちまったぜ」

「いや」

そうだ。その通りだな。

「助かったぜ」

おれはビールを村ちゃんのコップに注いだ。

「何が」

「はっきり言ってくれてよ。おれは正直テレビに出てもっとイイ生活ができるって考えただけで浮かれちまってた」

皆が頷いた。トムもハッシーもレーちゃんも。

「確認しようぜ。おれは、この先も〈デュークス〉で、このメンバーでやっていきたい」

皆の顔を見たら、力強く頷いてくれた。

「おれは、音楽が好きだ」

また皆が、頷いた。

「本当なら、このままミュージシャンとして生きていきてぇ。でもこのままならジリ貧《ひん》になるのは目に見えてる。音楽で飯を食いたい。そのためには、コメディアンって呼ばれようとなんだろうとまずは」

息を吐《つ》いた。

「売れたい」

自分で大きく頷いた。そうだ。売れたいんだ。自分の好きなことをやるには、やり続けていくには、たったひとつの方法しかない。

売れるしかねぇんだ。

「だから、ハワイアンを捨てる。ロカビリーでもギャグでも何でもやって、コメディアンって言われようとなんだろうと、まずはこのテレビの仕事を成功させたい」

酔いは醒《さ》めちまった。おれは、ゆっくりと村ちゃん、トム、レーちゃん、ハッシー、一人一人の顔を見た。

「そういう気持ちで、おれと一緒にやってくれるか？」

村ちゃんが唇をへの字にしながら頭を縦に振った。トムとハッシーはくそ真面目な顔して頷いた。レーちゃんがにこにこしていた。いやそれはいつもだけど。

「よぉし！」

グラスを持ったぜ。こういうときには乾杯だ。

「新生〈デュークス〉に乾杯！」

おお！　と声が上がった。グラスが割れるかってぐらいに打ち付けた。大丈夫だ。こんなにヘタでも売りがなくてもここまでやってこられたんだ。きっとおれたちは、運がいい。

たぶんな。

＊

それからの日々は、それまでとは雲泥の差だったさ。

毎日毎日どでかいテレビ局に通って、どんな番組を作っていくのかってのをプロデューサーの新谷さんと若い構成作家と一緒に打ち合わせする。その間を縫《ぬ》って、今まで着たこともないような上等な衣装を仮縫いしたりする。ブロマイド用に写真を撮ったりする。今まで入ったこともないような上等の店で飯を喰わせてもらう。銀座《ぎんざ》のクラブに連れてってもらって酒を飲む。

皆、浮かれてたね。スターになったみたいだって喜んでたよ。なんたってその間はステージに出てもいないのにギャラが貰えるんだ。夢みたいだったよ。

それでも肝心のテレビ番組の内容では相当やりあったよ。

なんたってこっちは今までの人生捨ててテレビの世界にやってきたんだ。これがダメなら後はもうねぇって覚悟だ。中途半端なことはしたくねぇ。

「だから、こんなんじゃあなんにもおもしろくねぇって言ってんだろ!」

おれが怒鳴ると構成作家も怒鳴る。

「おもしろいかおもしろくないかを決めるのはあんたなのかよ!」

「そうだよ! おれだ! おれが〈デュークス〉のリーダーだ!」

そんな喧嘩《けんか》腰のやりとりなんか日常茶飯事になっちまった。

番組は『waiwaiサンデー』っていう名前に決まった。日曜日の午後六時。ご家庭ではご飯を食べながらテレビを観ましょうかっていう時間帯だ。

その時間帯に、音楽と楽しいコントでおおいに楽しんでもらおうってぇ番組だ。

音楽は、いいんだ。仮にも何百回もステージ踏んできてるんだ。練習さえきちっとやりゃあロカビリーでもジャズでもなんとかしてみせる。お茶の間に人気のゲスト歌手を呼んで、普段は歌わないような外国の歌を唄ってもらう。しかも毎回お茶の間からリクエストのハガキを貰って、それを歌わせようってんだ。絶対人気が出る。

問題は、その合間《あいま》のコントだ。

「今更落語や漫談のネタを持ってきてどうしようってんだよ」

プロデューサーの新谷にだって意見を言った。

「じゃあ、山さんはいったい何を持ってこようってんだよ」

「決まってるじゃねぇか」

洒落たギャグだ。アメリカ映画で出てくるような洒落た台詞と誰も考えないようなとんでもないオチで、エンターテインメントを作るんだ。

「新しいものを作らないで、なにがテレビだ。テレビってのは、新しい時代の象徴なんじゃねぇのか」

そう言うと、新谷さんも構成作家もわかってくれた。だから、おれたちは徹底的に新しいものを、今までの日本にはなかったものを持ち込んで、アレンジして、考えだした。アメリカの映画のネタもどんどん取り入れていったのさ。

普通の人が、そこでしか体験できないような華やかなエンターテインメントの世界。それをブラウン管の中に閉じ込めてやろうってさ。

必死になっていたよ。今までの人生でこれ以上ないってぐらいさ。おれも、村ちゃんも、トムも、レーちゃんも、ハッシーも。

別に大それたことは考えてなかった。ブラウン管の向こうにいる人たちだって〈お客さん〉だ。ステージの向こう側にいてくれる人とおんなじだ。

お客さんに観てもらうからには絶対に楽しいものにしてやろう。

ただただ、そういう純粋な気持ちだけだった。

ところがさ。


「すごい！　すごいよ山さん！」

桜さんが駆け込んできた。おれたちが忙しくなっちまったんで、すっかり他の怪しい商売からは手を引いて、専属のマネージャーになっちまった。

「なんだよ桜さん」

「大人気なんだよ！『ｗａｉｗａｉサンデー』！」

「そうなの？」

いや、二回目の放送が終わった辺りに、新谷さんからかなり評判は良いって話は聞いていたんだ。この調子なら打ちきりもなしに長く続けられるって言われてさ。ホッとはしていたんだ。

「大人気って、どういうふうに？」

村さんが訊いた。

「ギャグさ！　特にトムと村さんが子供たちに大人気なんだよ！　おもしろいって、子供たちが皆学校で真似してるんだよ！」

「へぇ？」

トムも村ちゃんも笑いながら、首を捻った。いや確かにそんな気はしてたんだ。普段からトムと村ちゃんの掛け合いはおもしろいから、それをどんどんネタにしていった。強面だけどいざというところで気の弱い先輩の村ちゃんと、それにイビられる後輩のトムっていう役割にして、さんざんドタバタさせた後にリーダーのおれが入ってオチをつけるってのは、スタッフのウケも良かったので放送五回目にして既に定番のネタになっていたんだ。

「きっとこれ大流行するよ！〈デュークス〉は日本中の人気者になるよ！」

また大げさなことを言いやがるって思っていた。皆そうさ。桜さんはそういう人だったから。

おれたちは、とにかく毎日が必死だった。良いギャラも貰えて、明日の生活費を心配しないでもいい暮らしになれたのはいいけど、それを楽しむ余裕なんてなかった。せいぜいが休憩のときにパチンコに行って、金を気にしないで打つぐらいだ。あとの時間はもうネタ合わせネタ合わせ練習練習リハーサルリハーサル。

その繰り返しの毎日。

それでも、楽しかった。嬉しかった。仲間と一緒に何かを作っていけるのは、演奏できるのは、それで生活できるのは心底楽しかった。

営業の仕事は仕事で、あったのさ。週に一回のテレビのために他の日を全部その準備には充《あ》てられない。何といっても飽きられたらそれまでよ、の世界だ。せっかく人気が出てきたんだから、今度は〈テレビに出ているデュークス〉として、空いている日はほとんど毎日営業で地方に向かっていた。

違ったのは、オンボロのワゴンと乗用車に分かれて夜中に走るんじゃなくて、ちゃんと電車に乗って身体ひとつで行けることだ。それだけでも、嬉しかったな。

「しかしさぁ」

そうやって電車に乗っているときに村ちゃんが、窓の外を眺めながらぽつりと言った。年齢が近いせいもあるからさ。こうやって電車に乗るときはいつも二人で並んでいたんだ。

「なに？」

村ちゃんが、すっかり子供たちの人気者になったその強面を緩ませた。

「こんなふうになっちまうなんてなぁ。想像もしてなかったぜ」

「ああ」

そうだなって頷いた。

「せいぜい頑張ってよ、小さなスナックでも借りられるぐらい金を貯めてよ、自分の店にでもして、それでスナックの親爺《おやじ》として一生終えられればいいかなぁって思っていたんだけどよ」

「なにしけたこと言ってんだよ」

おれは笑った。

「もう半年もこの調子が続いてみろ。スナック一軒借りるどころか、一、二軒新しい店を作ってオーナーで暮らしていけるぜ」

村ちゃんも笑った。

「続けば、だけどな」

「あぁ。まぁ続けられるように頑張ろうぜ」

「そうだな」

でもな。続けられるどころじゃ、なかったんだよな。

＊

最初は生放送で始まった『ｗａｉｗａｉサンデー』もすっかり人気が定着して録画撮りになって、その収録が終わったときだ。

皆で楽屋で着替えて、さてまた明日の営業に備えて帰ってゆっくり休もうかって話していたら、桜さんがドアを開けて入ってきた。

でも、様子が違ったのさ。妙に表情が暗いんだ。全員が何事かと思って、手を止めたよ。

「どしたい桜さん」

「うん」

ゆっくり歩いて、控室のソファに座り込んだ。尋常《じんじょう》じゃない様子に、こりゃあいよいよ来たかなって思ったのさ。村ちゃんもおれを見て頷いていた。レーちゃんもハッシーもトムも心配そうな顔をしてソファの周りに集まった。

「桜さん」

「うん？」

長い付き合いだからな。気を遣《つか》わせないようにしなきゃな。

「いいよ。はっきり言ってくれよ」

「なにが？」

「なにがって、悪い知らせなんだろ？『ｗａｉｗａｉサンデー』打ち切りか？　いいって
いいって。なぁ皆」

うんうんって、全員が頷いた。

「いい夢見させてもらったよ。感謝してるさ」

「なに言ってんの？　山さん」

「あ？」

桜さんが眼を大きくした。

「打ち切りなんてあるわけないでしょ！　こんなに大人気なのに！」

「え？　じゃあなんでそんなに落ち込んでるんだよ」

「落ち込んでるんじゃないんだよ。緊張しちまったんだよ。こんなことがあっていいのか
ってさぁ」

トムがじたばたしたよ。

「早く言ってくださいよ！　蛇《へび》の生殺しじゃないですか！」

「あのね」

「うん」

「倒れないでよ」

その後の桜さんの台詞に、倒れたさ。全員で盛大に倒れて見せたよ。

「前座ぁ!?」

トムがポカンと口を開けたまま固まった。

「〈あいつら〉の!?」

村ちゃんがパシン！　とおでこに手を当てた。

「無理だろ！」

おれは叫んだ。

「無理かな」

「無理無理無理無理。できねぇよ！」

思いっきり手を振ったさ。桜さんの眼の前で、この長い顔をつきだして、長い腕を思いっきり振り回したよ。

なんだかこんなやりとりをいっつもしてるような気がしたけどさ。

「〈あいつら〉のコンサートの前座なんて無理って、いやそれ以前にどう考えても前座のバンドなんて必要ないんじゃないか？　誰も聴いちゃいねぇだろうよ。早く〈あいつら〉を出せって暴動が起きるぜ」

村ちゃんが慌てたように言った。こう見えてもけっこう冷静な村ちゃんなんだが、さすがに声が震えていた。

さもあらんさ。おれだって実は手が震えていたよ。イギリスが生んだ世紀のスーパースターだぜ？　今や世界中で〈あいつら〉の曲が流れているんだぜ？

おれだって、おれだって、大好きだ。俺より少し年下だったけどよ、本当に天才っているもんなんだなって思っていた。『ｗａｉｗａｉサンデー』でだって、一回の放送でかならず一曲は〈あいつら〉の曲を演奏している。

世界中の誰もが愛するロックバンドだ。ロックを、誰からも愛されるポップスにしちまった連中だ。世界中の老若男女が〈あいつら〉の歌を口ずさんでいるんだ。そんな音楽を創り上げたのは、〈あいつら〉が初めてだった。

そのバンドの、日本初来日コンサートの前座を、おれたち〈デュークス〉がやる。

とんでもない、話だ。

「でもさ、考えてよ」

桜さんが言った。

「今の日本で、本番の前に、とんでもない人数の、今まで日本で集まったこともない人数のお客さんを前にして、ドッと笑わせてなごませて楽しませて、しかも〈あいつら〉と同じ音楽をやれるバンドが、〈デュークス〉以外にある？　この日本に他にいる？　いないでしょ？」

確かに。

いないかもしれねぇ。

「選ばれたんだよ」

「選ばれた」

そうだよ！　って桜さんは腕を振り回した。

「〈デュークス〉は。選ばれるバンドになっちまったんだよ。日本で随一《ずいいち》のエンターティナーになっちまったんだよ！」

＊

あっという間にその日が来ちまった。

いったい誰がよ、この武道館でコンサートをやるなんて考えたもんだか。そうして、その武道館が満員になっちまうなんて考えたもんだか。

〈あいつら〉が日本に来ていた。

信じられないよな。神さまみたいなバンドだよ。世界中の音楽好きが、〈あいつら〉のことを認めた。スーパースターだと思った。どこへ行っても熱狂の渦《うず》で、もちろん日本でもそうさ。新聞の一面に載るなんて、おれなんてきっと人を百人ぐらい殺さないとないだろうさ。

皆が皆、この一週間ぐらい眠れなかった。この何万人っていう観衆を前にしたらどうなるんだろうってさ。

それでも、この日が来ちまった。

条件を出したんだ。いくらスーパースター様の前座って言ったって、こっちにだって魂ってもんはある。向こうのいいなりになっているばっかりじゃ日本男児の名がすたるってもんだ。

演る曲は一曲のみ。しかもワンコーラス。

その中でギャグをかまして、集まったお客さんの肩の力を抜かせる。抜かせたところでポンと〈あいつら〉がステージに上がる。そういうタイミングが必要だと思った。

だから、〈あいつら〉の準備ができてから、おれたちはステージに上がる。いつまでも楽屋から出てこない主役を待ってだらだらステージをやるなんてまっぴらごめんだ。


「山さん」

しーんとする楽屋の中で、村ちゃんが立ち上がっておれのところに来た。

「おう」

村ちゃんは、右手を差し出した。

「なんだよ」

にやっと笑ったので、おれも笑い返した。

「あんたと一緒にやってきて、良かったよ」

「バカ野郎」

その手を握った。そうしたら、トムもレーちゃんもハッシーもやってきて、皆でそこに手を置いて円陣みたいになっちまった。

「まだこれからだ。明日だって仕事があるんだからな」

おう！　と叫んで、手を解いた。

皆で楽器を持ってステージの脇の通路に待機した。そのうちに、奥の方がざわついて、

〈あいつら〉の準備ができましたっていう合図が来た。

「さぁ！　行くか！」

おれたちはステージに飛びだした。

とんでもない、今まで聞いたこともない大歓声のまっただ中へ。

作戦は大成功だ。いきなり飛び出してきたおれたちに、観客はびっくりして、それまでの待ちきれないというイラいらだち混じりの歓声が、期待の歓声に変わった。その中でおれたちは何にも言わずにただもうギャグだらけにした〈あいつら〉の曲をワンコーラスだけかました。

観客は大笑いさ。会場中のお客さんの肩の力が抜けていくのがわかった。この後のメインイベントを素直に楽しもうっていう空気ができあがった。簡単に思えるかもしれねぇけどそんなもんじゃない。こっちはもう冷や汗が流れっぱなしだ。その中でもきちんとしたことができたっていうのは、俺たちもまたプロだなって、自分で自分に感心してたよ。

「よーし！　退却！」

そう叫んでステージを降りて、楽屋への通路に向かった。

そこに、〈あいつら〉がいた。

金髪で青い眼をきらきらさせて、ステージから降りてくるおれたちを見ていた。胸がドキドキしちまったけど、そんなのは関係ない。おれたちは前座のバンドだ。ただもうすいませんね、と頭を下げてその横を通りすぎるだけだ。

だけど、その中の一人が、すっと動いた。

おれに近づこうとした。

顔を見た。

もちろん知ってるさ。ベースの男だ。〈M〉だ。このバンドのほとんどの曲を作っているとんでもないミュージシャンだ。そして、いい男だ。そいつがにこにこ笑いながら俺に近づこうとしたんだ。

そして、右手を差し出してきた。

握手をしようって、そんな感じだ。

でも、おれは急いでいたんだ。はっきり言って舞い上がっていたし焦っていた。とにかく、これからステージに出るスーパーバンドの邪魔にならないように横を突っ切ろうと走っていた。

だから、奴のベースとおれのベースがぶつかっちまった。

ぶつかって鈍《にぶ》い音を立てて、滅多に起こらないことが、起きた。

奴の持っていたベースギターの弦が切れたんだ。

おれと同じ、左利き用の特注のベースギターだ。

誰かの舌打ちの声が聞こえた。

誰かが〈あいつら〉に楽屋に戻れって叫んだ。出直しだって。冗談じゃない。せっかくこれだけのお膳立てができあがってんのに。

ほんの何メートルか向こうには何万人というお客さんが待ってるんだぜ。そいつを待たせるなんて、芸人の風上にもおりねえ。

おれは、咄嗟《とっさ》に、自分のベースギターをそいつに差し出して言ったんだ。

いや、怒鳴っちまった。

「持って行け！　お客さんが待ってる！」

奴は一瞬びっくりした顔をしたさ。

でも、差し出した奴の右手は、そのままおれのベースを掴んで、おれは奴のベースを握った。ほんの一瞬の間に、おれたちは自分の分身とも言える、愛用のベースギターを交換したんだ。

まるで、魂を交換したみたいに思えた。

奴が、おれに向かってニコッと笑った。まるで少年みてえな笑顔だったよ。そのまま空いていた左手をおれに向けたから、おれも、このでかい手をそこに打ち付けた。

パシン！　といい音が鳴ったぜ。

「Enjoy!」

「Thank you!」

〈あいつら〉は、そのまま光り輝くステージの方へ向かっていった。

おれたちは、楽屋へ向かっていった。

＊

それだけだ。

それだけ。

それだけだけど、あいつのベースはまだおれの手元にあるんだ。おれのベースは、あいつがアメリカまで持って行っちまった。

それっきりで、何かがあったわけでもないし、これから先にあるわけでもないだろう。

でもな。

このベースギターを弾ける限り、おれはミュージシャンだ。
その魂を、忘れちゃいない。
あいつと同じだ。同じ、ミュージシャンだ。
一生。

アンコール

親父の唄

カノジョができた。

十八年間、全然モテたことがなくて、いやモテるなんていう感覚どころか女子には全然相手にもされなくてその上〈カオナシ〉とかあだ名をつけられて。

あ、いやイジメられてたってわけじゃないよ。なんか小中高とずっと奇跡的にのんびりした学校でそんな話はほとんどなかったし、オレはオレでモテはしなかったけど気が弱いってわけでもなかったし。

身体がデカいからね。存在感だけはあったんだ。高校卒業のときにはもう一八五センチあったから。それでスタイルが良くて顔がちっちゃかったらモデルとかへの道も開けたんだろうけど、オレ、顔もデカかったし。いや顔が広いって意味じゃなくて物理的に。

要するに、デカイだけでさえない男だったんだ。

親父そっくりだった。

容姿も、さえないところも。

だから、あきらめていた。いろんなことを。

勉強だってなんかいくら頑張っても要領《ようりょう》が悪いらしくて大した成績は取れなかったし、大学も行く気になれなくて、とりあえずデザインの専門学校に行った。デザインとかが好きだったんじゃなくて、家には気がついたらMacがあって、PhotoshopとかIllustratorとかのソフトも入っていてさ。それをいじってたから、なんか適当に使えたし。

親父の持ち物だった。昔はそんなのを使って仕事をしていたらしい。らしいってのは、俺が生まれる前、違うか、赤ん坊の頃まではしていたのかな。母さんもそんなことやってたそうで、同じ仕事をしていて知り合ったらしいけど。

何の話だっけ。

そうだ、カノジョができたんだ。専門学校に入って、二年目。

びっくりしたよ。

専門学校の同級生。奈々《なな》ちゃん。通ってる科が違うから、顔も見たことなかったんだけど合コンで知り合った。

ものすごいちっちゃい子なんだ。オレと並ぶと奈々ちゃんの頭はお腹のところにあるんじゃないかってぐらい。いやまぁそれは大げさだけど、奈々ちゃんの身長は一四二センチ。今、オレはまた少し伸びて一八七センチになってるから身長差四十五センチ。

同じ漫画家が大好きで、その漫画家がベテランで同い年の連中なんかほとんど知らなくてさ、そこから話が合っちゃって、なんかお互いにいいなって思い出して。

めちゃうれしかったよ。この世の春がようやく来たのかって思ったよ。

でも、心配事もあった。

「ユタカくんのお父さん、何やってる人なの？」

来た。その質問。いつか訊かれると思っていたんだけど。答えを用意してないっていうか、いや言うしかないんだけど。

「あー」

口ごもったら、奈々ちゃんは慌てて手をひらひら振った。

「あ、いや、ゴメン。訊いてみただけ」

いやそう、そうやって気を使わすのはマズィって思っててちゃんと言おうと思ってたのに。

奈々ちゃん、ただでさえ、すごく気を使ってくれる女の子なんだ。こんなオレのカノジョになってくれたんだからちゃんとしようって思ってたのに。

「いや、別にいいんだ。ミュージシャンなんだ」

「え？」

似合わないよね。オレの口からそんな職業名が出てくるのは。でも、本当なんだ。

「親父、ミュージシャンなんだよ」


物心ついたときから、親父は唄っていた。

そして親父っていうのは毎日仕事をして働いてお金を稼いでそれで家族にご飯を食べさせているんだっていうのを理解する年頃になって、じゃあ親父の仕事ってなんだって考えたら、それは、ミュージシャンだった。

「お父さんは、音楽をしている人なのよ」

母さんに初めて訊いたときも、そう答えたよ。

小さい頃は、なんだかおもしろかった。

会社員のお父さんたちは毎日スーツを着て自分たちと一緒にご飯を食べて、朝早く家を出て会社に行くけど、親父は違ったから。朝一緒にご飯を食べることなんかなかったし、学校から帰ってきてもまだ寝てることがほとんどだった。家でゴロゴロしているときに遊ぼうって言ったらいつまででも遊んでくれたし。

それで、仕事に行ったと思ったら何週間も帰ってこないことがあったし。

とにかく普通じゃないことが、おもしろかったんだよ。小さい頃はね。

疑問というか、なんだよそれ、って思い始めたのは中学校に入ってからだ。母さんと別居し始めてから。

その別居も、離婚じゃないんだよね。まだしっかりと夫婦なんだ。ただ、母さんとオレが母さんの実家に引っ越して、親父だけが小さなアパートに暮らし始めてしかもその距離は歩いて三分なんだ。

どう考えてもおかしいよな。

母さんに訊いたら、答えは単純明快。

「あの人の稼ぎじゃ食べていけないから」

家賃のかからない実家に暮らして、母さんは自分の仕事をしてオレと自分の生活費を稼ぐ。じゃあどうして親父も一緒に住まないのかって訊くと。

「自由が必要なのよ。毎日家でブカブカやられたら、あんただって煩《わずら》わしいでしょう？　お父さんだって自由にできないと困るのよ」

そういうことだそうだ。

音楽をするためには心の自由が必要なんだそうだ。家族と一緒にいるとその心の自由ってやつが失われる場合があるんだってさ。だから、親父は一人暮らしをしている。

住んでるアパートなんかすごいよ。ゼッタイこれは映画のセットだろうっていうぐらいボロボロで、建物自体が歪《ゆが》んでいるようなアパート。いったい他に誰が住んでいるんだって思ったら、もうカラカラになったようなおばあちゃんとかゼッタイまともな仕事をしてないだろうっていうおっさんやらとにかくもう。

近づきたくないような、そんな言葉は使いたくないけど、社会の底辺にいるような人たちばっかり。

別にこっちに住んでもいいんだぞって親父が言ってるけどとんでもないって辞退したよ。

まったく売れない、ミュージシャン。

名前を言っても誰も知らない歌い手。

CD屋やAmazonやiTunesにアルバムが並んだこともないミュージシャン。

それが、親父。

☆

「母さん」

親父がいない日。晩ご飯を食べるときに、訊いてみようと思った。

「なに？」

じいちゃんとばあちゃんと一緒に住む家。二人とも年金貰ってて、この家はじいちゃんの持家でもうローンは払い終わってる。母さんは編集プロダクションの下請《したう》けと近所の中華料理屋のアルバイトをしている。オレもバイトしてるし、小さいころからお小遣いはちゃんと貰っていた。

だから、家はすごい貧乏ってわけじゃないんだ。余裕があるわけじゃないけどたまには皆で近くの温泉に行ったり、外食したり、まぁ普通に暮らしている。この間はじいちゃんばあちゃんの部屋の二十年使っていたテレビがついに壊れて、地デジ対応の液晶テレビを買った。そういうものが買えるぐらいの生活。

でも、親父の部屋は悲惨なことになっている。テレビは観ないからないし、洗濯機はアパートの廊下にある誰かのを借りているらしい。冷蔵庫は拾ってきた小さなやつ。まぁさすがミュージシャンらしくて音を聴くためのものはしっかりあるんだけど。

「親父ってさ、音楽やってて、お金、入ってくるの？」

「あたりまえじゃない」

何でそんなこと訊くのって顔を母さんはした。

「お家賃の分と、どこかで安酒飲むぐらいは稼いでいるわよ」

どうやったらそういう金額を稼げるのかと思ったら、ライブと他の少し有名なミュージシャンのバックで演奏するのとインディーズから出ているCDの売り上げと。

「たぶん、あんたのアルバイト代より少しは多く稼いでいるわよ」

まぁときどきはお母さんの財布からお家賃払ってあげてるけどって少し笑った。それって、どうなんだ。母さんは、ほんの少し眉を上げた。

「何か心配事でもあった?」

「いや」

たまにだけど、親父の部屋に顔を出す。晩ご飯はこっちの家で食べることが多いけど、朝ご飯や昼は自分の部屋で済ますことが多いんだ。だから米や野菜を持っていったり、カップラーメンを分けてあげたり。昼飯でも一緒に食べるかって言われて、仕方なく頷くこともある。大抵は冷蔵庫の中の残りものをレンジでチンしたりして終わるんだけど。

その電子レンジが最悪なんだ。もう三十年前に買ったもので、全然電子レンジにならない。三回に一回は、チン! って鳴っても温まっていないんだ。

親父はロシアンルーレット電子レンジって呼んでるけど長いし確率高すぎだし。

「電子レンジぐらい買えないのかなってさ」

「買えないでしょうねー」

何故か母さんは笑う。

「まぁそんなに高いものじゃないけど、あの人はどうせ買うならいちばん良くて新しいものをって人だからね」

「そうだっけ」

「そうなのよ」

親父が何か買ってるところ見たことないから知らないよ。電子レンジ、いや今はオーブンレンジが主流なんだろうけど、高いのになると十五万ぐらいする。それは確かに高いけど、一家の主がそれぐらいのもの買えなくてどうするんだって思う。それに安いものなら二万円だせば買えるのに。二万円なんて、オレだってバイト代で買える。

なんでそんな甲斐性ナシと結婚したのか、なんてことは訊かない。

だって、二人は仲良しだからだ。ケンカしてるところを見たことない。じいちゃんやばあちゃんも、自分の娘のダンナさんがそういう男なのを何も言わない。

じいちゃんは親父と仲良さそうに将棋とかさしてるし、親父は親父であちこちガタが来ているここの家の修理なんかを、ばあちゃんに頼まれてやって「やっぱ頼りになるわぁ」と言われていいるし。まぁオレと同じぐらいデカイから力もあるんだろうけど。

でも、ずっと思ってた。

そんなんでいいのかって。

「普通はミュージシャンの親父なんて、自慢できるって思わない？」

「思う」

奈々ちゃんは頷いた。

「でも、自慢なんかできないんだよ」

奈々ちゃんには、なんでも素直に全部言おうと思っていた。だって自信がないからね、オレ。自分のイヤなところも何もかも全部見せようと思ってるんだ。それでフラれちゃったらしょうがない。

夢は早く覚めた方がいいからさ。

「嫌い、なの？」

「いや、嫌いとかじゃなくて、わからないんだ。親父のやってる音楽が」

男として好きか嫌いかで言ったら、嫌いではない。

「お父さんのライブとか、行ったことあるの？」

「ない」

一度もない。

「親父も来いとは言わないし」

ふーん、と奈々ちゃんは唇を少し尖《とが》らす。

「じゃあ、CDは？　聴いたことは？」

「それは、ある」

まぁ家で練習しているのは普通に聞こえてきたしね。

「どんな曲なの？」

「わかんない」

これは、本当にわかんないんだ。自分で作詞作曲して、ギターやアコーディオン弾いたりしながら歌う。

「〈ゆず〉とか〈コブクロ〉とかそんな感じのものだと思うんだけど」

J-POPには違いないんだろうけど、全然ポップじゃない。歌っていることは、なんかよくわからない。暗かったり淋しかったり悲しそうだったり。

「全然爽やかじゃないし感動もしないし」

「アコーディオンも弾くの？」

「弾く」

その他にもバンジョーとかウクレレとかも。フルート吹いたりしてることもある。

「すごい、なんでもできるんだ」

奈々ちゃんはうれしそうに笑った。ずっと吹奏楽部だったっていうから、オレよりも音楽には詳しいんだよね。きっとそういう才能もあると思うんだけど、オレは音楽まるでダメだったから。

「お父さんみたいにギター弾いてみようとか思わなかったの？」

「ぜんぜん」

まるで興味なかった。親父の部屋にはそりゃあ昔のLPやCDが山のようにいっぱいあるけど、オレはアニソンの方が好きだし。

「聴いてみたいな。お父さんのCD」

奈々ちゃんは言った。部屋に行ったらいくらでもある。まったく売れないで自分で売りさばいているCDが山ほど。

でもさ。

びっくりした。親父のCDを貰おうと思ってアパートの部屋に行ったら、親父がちょっと恥ずかしそうにして言うんだ。

「カノジョに聴かせるの、ちょっと待った方がいいかもな」

「なんで？」

それがなって、親父は薄くなってきた髪の毛をばぁさって掻《か》き上げた。

「ドラマに使われるんだ」

「え？」

「俺の曲がな、テレビドラマに使われるんだ。そのドラマを観てもらってからの方がいいんじゃないかな。雰囲気もわかるだろうし」

テレビドラマ？　え？

「なんでそんなことになったの」

きっと詐欺《さぎ》だって思ったよ。親父、ミュージシャンだけど外見はただの気の弱そうな背のデカイおっさんだし。騙《だま》されやすそうな顔をしてる。オレとそっくりなんだけど。いやオレがそっくりなんだけど。

「たまたまなんだ。脚本家が俺のファンでな。新しく始まるドラマの雰囲気に俺の曲がぴったりだからって使ってくれることになった」

ファン？　そんな人いたの？

マジ、びっくりした。

でも、深夜ドラマだったんだよ。夜の十一時過ぎぐらいから始まる三十分ぐらいのやつ。全国一斉放送じゃないし。

それでも、ドラマだからね。第一回の放送のときには親父もじいちゃんの家にやってきて、みんなで正座する勢いで放送を待ってたよ。もちろん、奈々ちゃんにも伝えてある。母さんは親戚中に電話とかメールした。

ドラマの内容は聞いてない。何も先入観ナシで観た方がいいかなって思ったから。

「お」

始まった。

東京のどこだろ、新宿？　飲み屋街みたいなところが映って、そして。

親父の曲が流れてきた。ものすごく、なんかわびしい感じの曲。聴いたことある。親父のＣＤに入ってる曲だ。

けっこう有名な俳優さんが主人公でまた驚いた。中年のその俳優さんは昔ヤクザで、今は新宿の片隅で小さなラーメン屋をやってるって設定のドラマ。どうやら、そのラーメン屋さんの常連さんの間で小さな事件が起きて、それを主人公が解決するって話らしい。

親父の曲は、たくさん使われていた。悲しい場面では悲しそうな曲、にやにやするところでは楽しそうな曲、そしてラストシーンのしんみりする場面では、どこかホッとするような曲。

なんか、わかった。

ドラマに使われて、初めてわかった。

親父の曲って、こういう曲だったのかって。

何て言えばいいのかわからないけど、オレみたいなガキじゃなくて、歳を取った人が、自分の人生を振り返って悔《く》やんだり悲しんだり良かったなって思うことができるようになった人が、初めて理解できるような曲だったんだって。

ドラマの中で主人公の俳優が言っていたけど、「沁《し》みるね」ってやつなんだ。

オレはガキで、まだ沁みるようなものがないから全然理解できなかったんだ。今も理解できないんだけど、ドラマの映像と組み合わさって、そういうのが見えてきた。


「良かったわぁ」

母さんがちょっと瞳を潤《うる》ませていた。

「おもしろいドラマだな」

じいちゃんも煙草吹かして頷いていたし、ばあちゃんもニコニコしていた。

親父は。

親父は、ドラマが終わってCMになってその後のニュースが始まってもじっとテレビを観ていた。オレは後ろにいたんだけど、親父の背中はぴくりとも動かなかった。

動かないで、ただ煙草を吹かして画面を見つめていた。

☆

そのドラマはけっこう人気になったんだ。

それで、親父のCDはiTunesにも入った。一部のCD屋さんでも買えるようになったし、親父のところにはCDを売ってくれってメールや電話がどんどん入るようになった。オレも郵送するのを手伝ったよ。一枚一枚丁寧に包んで住所を打ち込んだシールをプリントアウトして、郵便局に持ち込んでって。

おまけに、取材とかも来たんだ。雑誌の取材。家にお邪魔しますっていうの断って近所の公園にしてもらったらしいけど。晴れてて良かったって言ってた。雨が降ったら近くのガード下にしようと考えていたらしい。

それで、そういうことが続いて何十万枚も売れたのならさっとオレも車とか買ってもらえたんだろうけど、そんなことはなかった。

ドラマをやってる間は毎日のように注文が来たけど、ドラマが終わった途端にどんどん減っていった。

本当に、あっという間。

母さんが期待していたテレビの歌番組の出演依頼は来なかったし、ラジオに呼ばれることもなかった。じいちゃんなんかは、パッと咲いてパッと散る打ち上げ花火じゃなくてドラゴン花火ぐらいだったなって笑っていた。

それで親父はがっかりするんじゃないかって思ったけど、そんなことは全然なくて、ホッとしたって言うんだ。

「なんで。もっと売れた方がいいじゃん」

「そりゃあ、売れないより売れた方がいいだろうけどな」

親父は、煙草を吹かして笑うんだ。

「騒がしいのは、苦手なんだよ」

「でも、もっと売れればデカイコンサートとかできるじゃん。今みたいにどっかの飲み屋みたいなところで十人二十人相手にしてるライブとかじゃなくてさ」

野外フェスとかに呼ばれるぐらいだったら、オレも皆に自慢できるのに。そう言ったら、親父がにこっと笑った。

「まぁそうだな。その方がカッコいいな」

覇気《はき》ってもんがないんだよね、うちの親父。背がデカイから、いつも少し前かがみになってるみたいだし。

「そうだ」

親父が、なんか思い出したみたいに言った。

「お前、二十歳になったんだよな」

「なったよ」

この間、お祝いだって皆で回転寿司に行ったじゃないか。

「明日、吉祥寺《きちじょうじ》でライブあるんだ。見に来ないか。なんだっけ、奈々ちゃんも連れて」

「奈々も？」

「あの子も二十歳になったんだろ？　堂々と飲み屋に連れていっても大丈夫だろ」

それはそうだけど。

「安心しろ。チケット代はタダにしてやる。もちろん飲み食いしても俺の奢りだ」

そりゃそうでしょう。あなた、親父じゃないですか。

ライブ会場は、吉祥寺の小さな飲み屋だった。もちろんライブハウスとかじゃなくて、ライブをやるスペースを無理やりに作ってるようなところ。

親父と一緒に少し早めに行ったから、まだお客さんは五人ぐらいしかいなくて、あぁやっぱりドラマで使われてもこんなものなのか、奈々に悪いなって思ってた。

「ごめんな」

そう言ったら奈々は笑った。

「なんで謝るの」

「いや、こんな寂《さび》れた感じで」

「何言ってるの。楽しみにしてるのに」

そうなのか。そういえばなんかわくわくした顔をしている。

でもさ。

開演時間が近づいてきたらどんどん人が集まってきてさ。皆で酒を飲んだり軽いものをつまんだりワイワイガヤガヤになって、煙草の煙が漂ってきてさ、そして皆楽しそうにしてるんだ。

おっさんや、おばさんばっかりだった。全部で四十人ぐらいはいたと思うけど、オレと奈々みたいな若いお客さんは、その中でほんの何人か。

店の中に流れていたジャズの音が消えたら親父がのっそりと動いて、カウンターの端っこから出てきたら皆が一斉に拍手をした。

「よっ！」とか「待ってました！」とか、「ラーメン屋！」とか、あのドラマのことだろうけどそういう掛け声と歓声とで店の中はいっぱいになって。その中で親父はいつものように恥ずかしそうに笑いながらアコーディオンを抱えてマイクの前に立った。傍には、アコースティックギターを抱えた人が椅子に座った。

カウントが始まると、それまで騒いでいた人たちが急に静かになった。

あのドラマで流れていた主題歌が始まると、皆が力一杯拍手をして、すぐに静かになった。

親父がアコーディオンを弾いて、イントロが終わって、歌い出した。

いつもの、枯《か》れたような、ぼそぼそっと喋るような、あんまり迫力はない声で。

でも、その歌詞ははっきりと聞き取れた。きっとこれは、朗々《ろうろう》と、って表現するんだ。

俺は、親父の歌を聴いているお客さんの顔を見て、ちょっと、感動してた。

親父の歌を聴いて涙をにじませる人がいるなんて、知らなかった。

親父の歌に精一杯の拍手を送る人がいるなんて、わからなかった。

親父が汗をかきながら最後の歌を唄い終わると、アンコールが掛かった。適当に拍手をするんじゃなくて、本当に本当にもっと聴かせてくれっていう拍手。

奈々も、笑顔で拍手していた。

オレも。


その三日後、電気屋に行くから付き合ってくれっていうから何かと思ったら、親父はオーブンレンジを買った。十何万もするような、高くていちばんいいやつ。あぁ母さんの言ったことは本当だったんだなって思った。

で、持ち帰りした方が安くなるからってオレを呼んだんだ。うちは車もないからさ。まぁいいけど。

「こんな高いの買って、大丈夫なの？」

二人で交代でデカイ箱を抱えて歩きながら訊いたら、親父はうん、って頷いた。

「あのドラマのおかげで少し稼げたからな」

「少しって」

「いや、これを買えるぐらいは」

「え？　ひょっとしてこれだけ？」

びっくりして訊いた。

「これを買うぐらいしか稼げなかったの？」

そうだって、また頷いてから続けた。

「お前、そういうけどすごいことだぞ？　あの歌はこんな高くていい電子レンジを俺に与えてくれたんだぞ」

ものすごい孝行息子な歌じゃないかって真剣な顔をして言った。その顔見たらなんか可笑しくなって笑っちゃった。

「電子レンジじゃなくて、オーブンレンジだよこれ」

「あ、そうだな」

ミュージシャンの親父。まだなんでもない息子のオレ。

「じゃあさ」

「なんだよ」

「本物の息子はもっと孝行息子になって、デカい薄型テレビでも買ってやるよ」

そのうちに、って言ったら、親父はうれしそうに頷いて、笑った。

そのテレビ、唄う親父の姿が映ったらかなり嬉しいんだけどね。

解説　切なくも温かい、極上の音楽小説。続編希望！

ミュージシャン・音楽プロデューサー　伊《い》藤《とう》銀《ぎん》次《じ》

人には努力してできることとできないことが確実にあると思います。その中でも特に、人と人との出会いばかりは、誰も自由にはできません。

もしジョンとポールのどちらかが、リバプールではない町に生まれていたら、もしジミヘンがイギリスに渡っていなければなど、音楽の神様しか知らない、「もしも」なら数知れずあることでしょう。大阪府の郊外の小さな町に育った僕が、やがて大瀧詠一《おおたきえいいち》さんと出会ってポップスの奥義を伝授され、佐野元春《さのもとはる》君に出会っていくつもの奇跡的な瞬間を体験し、そして山下達郎《やましたたつろう》君と「DOWN TOWN」という曲を共作することになるなんて、これっぽちの予兆すらありませんでした。そしてまたその「DOWN TOWN」が、再び新しい出会いを生みだしてくれることになるとは……。

小路幸也《しょうじゆきや》さんの名前を最初に拝見したのは、『東京バンドワゴン』の書評でした。最近とても人気があると紹介された記事で、まっさきに僕の目に飛び込んできたのは、「バンドワゴン」という文字でした。70年代音楽シーンで、「はっぴいえんど」といえば、最初の日本語ロック・バンドとしておなじみです。そのメンバーだった鈴木茂《すずきしげる》君が、1975年に発表した名盤のタイトルが「バンドワゴン」でした。うーん、このタイトルは、あの「バンドワゴン」から影響されたのだろうか？　ならば音楽小説かなと調べてみたら、なんと下町の古本屋さん一家のお話ではありませんか。残念ながら、僕の関心は、他へと移っていってしまったのです（その後、はまることになるとは思いもよりませんでした）。

その後しばらくして、ある日の新聞の朝刊に、同じ小路さんの『DOWN TOWN』という新刊の広告を発見しました。えっ、これって、僕と山下達郎君が70年代に作詞・作曲したシュガー・ベイブの曲名じゃないの。直感しました。『東京バンドワゴン』といい、『DOWN TOWN』といい、これは偶然ではない。小路さんは、ナイアガラ系やティン・パン・アレーなどの音楽が好きな人かも。そのことを「週刊銀次」というブログに書きました。

数日後、本をゲットして読み始めた頃、僕のサイトに小路さんからメールが。推察どおり、高校生の頃、僕たちが関わった音楽にふれギターを弾き、プロを目指したことなどを教えてくださいました。僕らの音楽の影響を受けた作家に出会えるなんて、まさに神懸《かみが》かり。「DOWN TOWN」が出会いの神、こうして本書の解説を書くことになった次第です。

『うたうひと』は小路さんにとって初めての、ミュージシャンを題材にあつかった短編集です。シリアス、コミカル、リリカルありと、バラエティーに富む7つの小気味《こきみ》よいエピソードが集められています。泣きのギタリスト、サイモン&ガーファンクルを思わせる男性デュオ、「スペクトラム」をモデルにしたと思われるブラス・ロック・バンド、踊りながら歌う盲目のピアニスト、笑うライオンというあだ名のドラマー、サクセス後に彼女との約束を果たすピアニスト、そして明らかにモデルがドリフターズとわかるコミック・ロカビリー・バンドにいたるまで、おしゃれで極上のお話ばかり。個別に書かれたとは思えないトータル感です。これにはちょっとした演出が。各話は独立しているが、他の話の主人公の話題が、別の話の中でさりげなく語られ、リンクしあっているのです。同じ世界と時間帯の中に存在しているようでイメージが広がります。恋、友情、仕事と芸術との葛《かっ》藤《とう》、音楽家を支える家族やスタッフが織りなすドラマが、温かい視線で描かれています。

一度その思いを断ち切ったのだから、音楽の世界を描くことを決めるまでには、小路さんの中でずいぶん葛藤があったのでしょうね。きっと満を持して書かれたことでしょう。その覚悟のせいでしょうか、『うたうひと』には言葉ひとつ、一行一行に、音楽への特別な思いや考え方がこめられたフレーズが出てきて、うなってしまいます。

耳は聴いていた。いや、頭の中でギターリフが流れて、確実にピッキングして、ヒバリよりも高く高く舞い上がっていくような伸びやかなギターの音が、この青空いっぱいに、どこまでもどこまでも、流れて行った。（クラプトンの涙）

どこからだ？　どこから、こんなにも溢れ出してくるんだろう？
これは、言葉では言えないものだ。表現できないものなんだ。
心のどこからか溢れ出すものが、メロディになり、歌になり、そして。
そして、涙になる。（クラプトンの涙）

どこからメロディーやフレーズがくるのかは謎ですが、形容しにくい音楽的な風景描写がすばらしい。音楽へのアプローチの経験がないとできない表現です。「左側のボーカリスト」で、ショウとケントがいっしょに作曲するシーンの描写もとてもすてきです。

私がその場で何か言うと、ショウがそれを広げる。ショウが広げた世界に私が色をつけていく。黄色に青を重ねると緑になるように、私がつけた色に、ショウがまた色を重ねて彩りを添えていく。

今までに誰かと共作したとき、僕は何度もこれを感じました。と思えば、僕らの気持ちを代弁してくれているような、とても辛口で胸のすくセリフも飛び出しています。

残念ながら、この国ではそういう文章で身を立てていくことは非常に難しいんです。理想と現実は違う。この愛すべきくそったれな国には、本当の意味での芸術を留め置くためのシステムが存在しない。（クラプトンの涙）

『僕は長い昼と長い夜を過ごす』で、小路さんの文体にハードボイルド小説の香りを感じました。主人公の独り語りが多いのもその影響でしょうか。一人称の語りは作者と主人公が気持ちをシンクロさせやすい。抑制《よくせい》の利いた描写でクールに行こうとして、こぼれる心の動きが、切なくも温かいです。加えて、小路さんの作品は、光と影のバランスが絶妙です。温かいが、どことなくほろ苦い切なさに裏打ちされている。その切なさは、心が癒《い》えたあとに残ったかさぶたや、遠い挫折《ざせつ》の日々の残響を意識しながら、毎日を生きるとき、誰にもあるもので、そこから優しさが生まれ、温かさとなって現れる。小路さんの作品の好きなところです。「影」を知っている「光」とでもいえばいいのか。控《ひか》えめで決して押し付けてこない、さりげない眼差しの温かさ。風に乗った種が心の苗床《なえどこ》にそっと漂着し、知らぬ間に花開いているような。

ひらがなで「うたうひと」と表記したのはなぜなのでしょう？　きっと「歌う人」だけではなく、「楽器を演奏する人」も、『うたうひと』だと言いたかったのでしょう。音楽に身も心も捧げたすべての人たちのことをそう呼びたかったのではないかと思います。

誰でも本当は「いい話」が好きなはずです。人間は「善」なるものだと思って生きていたいものです。しかし現実は甘くありません。僕がいる音楽の世界も、清濁が混沌といり乱れる世界。知らず知らずのうちに、自分の本性を見失い不信感に陥りがちです。逆説的ですが、だからこそ「いい話」が必要なのではないでしょうか。すぐそこにあるのに気づかない、自分の本性に立ち返るために。心の中に喜びや悲しみがあるから、音楽もあるのだと思います。マニアックになりがちな音楽小説も、小路さんの手にかかると、みんなのエンタテインメントになってしまいます。

音楽は、誰にでも、どんな年齢の人にでもわかる最高の芸術だ。それがテレビの歌番組でもなんでも、楽しそうに嬉しそうに最高の演奏をしていれば、わかる人にはわかってもらえる。そしてそれは小さなさざなみのように、波紋のように少しずつ拡がっていくんだ。（唇に愛を）

それにしても小路さん、この短編集、面白すぎますよ。やっと文庫化されたというのに、早くも続編が読みたくなっている僕は、ただのわがままものでしょうか？　この『うたうひと』もぜひ、『東京バンドワゴン』と並ぶ人気シリーズになればと願っております。

（この作品『うたうひと』は平成二十年七月、
小社から四六判で刊行されたものです。
「アンコール　親父の唄」は、
文庫判のみの書下ろし作品です。）

一〇〇字書評

うたうひと

切り取り線

購買動機（新聞、雑誌名を記入するか、あるいは○をつけてください）

□（　　　　　　　　　　　　　　　　）の広告を見て
□（　　　　　　　　　　　　　　　　）の書評を見て
□ 知人のすすめで　　　　　　　□ タイトルに惹かれて
□ カバーが良かったから　　　　□ 内容が面白そうだから
□ 好きな作家だから　　　　　　□ 好きな分野の本だから

・最近、最も感銘を受けた作品名をお書き下さい

・あなたのお好きな作家名をお書き下さい

・その他、ご要望がありましたらお書き下さい

住所	〒				
氏名		職業		年齢	
Eメール	※携帯には配信できません		新刊情報等のメール配信を 希望する・しない		

この本の感想を、編集部までお寄せいただけたらありがたく存じます。今後の企画の参考にさせていただきます。Eメールでも結構です。

いただいた「一〇〇字書評」は、新聞・雑誌等に紹介させていただくことがあります。その場合はお礼として特製図書カードを差し上げます。

前ページの原稿用紙に書評をお書きの上、切り取り、左記までお送り下さい。宛先の住所は不要です。

なお、ご記入いただいたお名前、ご住所等は、書評紹介の事前了解、謝礼のお届けのためだけに利用し、そのほかの目的のために利用することはありません。

〒一〇一‐八七〇一
祥伝社文庫編集長　加藤　淳
電話　〇三（三二六五）二〇八〇
bunko@shodensha.co.jp

祥伝社ホームページの「ブックレビュー」からも、書き込めます。
http://www.shodensha.co.jp/bookreview/

上質のエンターテインメントを！　珠玉のエスプリを！

祥伝社文庫は創刊十五周年を迎える二〇〇〇年を機に、ここに新たな宣言をいたします。いつの世にも変わらない価値観、つまり「豊かな心」「深い知恵」「大きな楽しみ」に満ちた作品を厳選し、次代を拓く書下ろし作品を大胆に起用し、読者の皆様の心に響く文庫を目指します。どうぞご意見、ご希望を編集部までお寄せくださるよう、お願いいたします。

二〇〇〇年一月一日　祥伝社文庫編集部

祥伝社文庫

うたうひと

平成二十二年二月二十日　初版第一刷発行

著者　小路《しょうじ》幸也《ゆきや》

発行者　竹内和芳

発行所　祥伝社

東京都千代田区神田神保町三－六－五

九段尚学ビル　〒一〇一－八七〇一

電話　〇三（三二六五）二〇八一（販売部）

電話　〇三（三二六五）二〇八〇（編集部）

電話　〇三（三二六五）三六二二（業務部）

http://www.shodensha.co.jp/

印刷所　堀内印刷

製本所　ナショナル製本

カバーフォーマットデザイン　芥　陽子

造本には十分注意しておりますが、万一、落丁、乱丁などの不良品がありましたら、「業務部」あてにお送り下さい。送料小社負担にてお取り替えいたします。

Printed in Japan　©2010, Yukiya Shoji　ISBN978-4-396-33613-4 C0193

祥伝社文庫の好評既刊

江國香織ほか　LOVERS

江國香織・川上弘美・谷村志穂・安達千夏・島村洋子・下川香苗・倉本由布・横森理香・唯川恵

江國香織ほか　Friends

江國香織・谷村志穂・島村洋子・下川香苗・前川麻子・安達千夏・倉本由布・横森理香・唯川恵

本多孝好ほか　I LOVE YOU

伊坂幸太郎・石田衣良・市川拓司・中田永一・中村航・本多孝好

石田衣良、本多孝好ほか　LOVE or LIKE

この「好き」はどっち？　石田衣良・中田永一・中村航・本多孝好・真伏修三・山本幸久…恋愛アンソロジー

伊坂幸太郎　陽気なギャングが地球を回す

史上最強の天才強盗四人組大奮戦！　映画化されたロマンチック・エンターテインメント原作。

伊坂幸太郎　陽気なギャングの日常と襲撃

天才強盗４人組が巻き込まれた４つの奇妙な事件。知的で小粋で贅沢な軽快サスペンス第２弾！

祥伝社文庫の好評既刊

藤谷　治　いなかのせんきょ
人は足りない金もない。ないない尽くしの村議・清春が打って出た、一世一代の大勝負の行方や如何に!?

原　宏一　床下仙人
注目の異才が現代ニッポンを風刺とユーモアを交えて看破する、〃とんでも新奇想〃小説。

原　宏一　天下り酒場
書店員さんが火をつけた『床下仙人』でブレイクした著者が放つ、現代日本風刺小説！

原　宏一　ダイナマイト・ツアーズ
自堕落夫婦の悠々自適生活が急転直下、借金まみれに！　奇才・原宏一が放つはちゃめちゃ夫婦のアメリカ逃避行。

仙川　環　ししゃも
故郷の町おこしに奔走する恭子。さびれた町の救世主は何と!?　意表を衝く失踪ミステリー

石持浅海　Rのつく月には気をつけよう
大学時代の仲間が集まる飲み会は、今夜も酒と肴と恋の話で大盛り上がり。傑作グルメ・ミステリー！

祥伝社文庫　今月の新刊

小路幸也　**うたうひと**
誰もが持つその人だけの歌を温かく紡いだ物語。

蒼井上鷹　**出られない五人**
秘密と誤解が絡まり、予測不能の密室エンターテインメント！

森村誠一　**殺人の詩集**
死んだ人気俳優の傍らに落ちていた小説を巡る過去と因縁。

南　英男　**はぐれ捜査**　警視庁特命遊撃班
はみ出し刑事と女性警視の違法すれすれの捜査行！

西川　司　**刑事の殺意**
同期の無念を晴らすため残された刑事人生を捧ぐ…。

小杉健治　**仇返し**　風烈廻り与力・青柳剣一郎
付け火の真相を追う父と、二年ぶりに江戸に戻る子に迫る危機！

岳　真也　**本所ゆうれい橋**　湯屋守り源三郎捕物控
一ツ目橋に出る幽霊の噂…。陰謀を嗅ぎ取った源三郎は!?

辻堂　魁　**帰り船**　風の市兵衛
瞬く間に第三弾！　深い読み心地を与えてくれる絆のドラマ。

睦月影郎　**のぞき見指南**
丸窓の障子から見えた神も恐れぬ妖しき光景―。

井川香四郎　**おかげ参り**　天下泰平かぶき旅
お宝探しに人助け、痛快人情道中記、第二弾。

芦川淳一　**お助け長屋**　曲斬り陣九郎
傷つき、追われる若侍を匿い、貧乏長屋の面々が一肌脱ぐ！

加治将一　**舞い降りた天皇(上・下)**　初代天皇「X」は、どこから来たのか
天孫降臨を発明した者の正体、卑弥呼の墓の場所を暴く！